あやかし薬膳カフェ「おおかみ」

森原すみれ Sumire Morihara

アルファポリス文庫

https://www.alphapolis.co.jp/

プロローグ

この世には、縁(えにし)と呼ばれるものがあるらしい。


平日のお昼時。

飛行機が一機、また一機と青空へ飛び立っていくのを、展望デッキのテラス席からぼうっと見送る。

この時間帯に心地いい日の光を浴びるのは、何日、いや何週間、いや何ヶ月ぶりだろう――


自立した一人前の大人になりたい。

それが幼い頃から掲げていた、桜良日鞠(さくらひまり)の将来の夢だった。

当時の大人には可愛げがないと苦笑されたが、日鞠はいたって本気だった。

自立した一人前の大人になれば、誰にも迷惑をかけることなく、大切な人を支えながら生きていくことができるはず。

これを目指さない手はない、と一人決意し、日鞠は幼いながらに堅実な計画を練った。

中学・高校ではどの道に進むにも支障がないよう、真面目にそつなく勉学に励み、短大では実用的な技術を得るためグラフィックデザインを専攻。

二十歳で就職・上京――以降、自立した生活を送る。

そんな日鞠の計画は、見事に実現を果たした。

さらに嬉しいことに、就職先の会社には独身寮もあり、名実ともに自立した生活を手に入れた。

これで、長年世話になった家族に恩返しができる。

特に、血の繋がりがない自分を今まで大切に育ててくれた両親に。

「ようやく夢が叶った……って、思ってたんだけどなあ」

しかし一寸先は闇。そうは問屋が卸さなかった。

最初におやと思ったのは、同期入社の数名が立て続けに退職届を出したことだった。

定時に帰れるなんて都市伝説だからね。

桜良さんは寮だっけ。もう少し仕事やってく?

昨日徹夜？　俺なんて三日風呂に入ってないよ。

仮眠室は今満室。別に机でも寝られるでしょ。

今考えれば明らかに異常な会話の中で、怒濤(どとう)の激務の嵐に揉(も)まれていった。

それでも、すべては自立のため。

誰にも迷惑をかけることなく、自分だけの力で生きていくためだと、日鞠は粛々(しゅくしゅく)と勤務を続けてきた。

そして勤続六年目に入ったある日。

先輩の助言で行ってみた心療内科の医師から、やんわりドクターストップがかかった。どうやら知らずに心が壊れかけていたらしい。

先輩からも後輩からも「もう充分だよ」と諭(さと)され、自分の限界を理解した。

職場は休職を勧め、日鞠はそれに応じた。

しかし、選んだのは休職ではなく退職だった。

「せっかくだし、どこか行きたかった街に旅行でもしてみたら？」

最終出社日、そんな言葉をかけてきたブラック会社の社長に、日鞠はいいですね、とだけ返した。

でもまさか、本気で実行に移すとはあのタヌキも思っていなかっただろう。

「羽田空港発、新千歳空港行き……か」

スマートフォンに表示された航空チケットを眺める。

行きたかった街。

旅行を勧められて真っ先に浮かんだのは、ほんの僅かに残る幼い日の記憶だった。

日鞠が五歳になるまで、大好きな祖母と暮らした場所。

祖母が亡くなり、今の両親に引き取られて以降、一度も訪れることはなかった街。

今の自分なら、時間もお金も自由もある。誰にも心配されず、迷惑だってかけない。

「よし。そろそろ搭乗時間かな」

だったら行ってみよう、北海道に。

世間では新学期が始まったばかりの、四月中旬。

必要最低限の荷物を詰め込んだキャリーバッグとショルダーバッグを引っ提げて、日鞠は北の地へと向かった。

第一話　四月、オオカミの薬膳カフェ

飛行機から搭乗橋に降りると、ひやりと涼やかな空気が頬を撫でた。

北の玄関口といわれる北海道最大の空港、新千歳空港。

同じ空港でも、羽田空港とは何もかもが違っていた。

羽田ほどのめまぐるしい人とモノの流れはなく、どこか朗らかな空気が港内には漂う。

手荷物のピックアップを済ませた日鞠は、到着ゲート先のベンチに腰を下ろした。

「同じ日本なのに、ここはまだ冬みたいだな」

四月の東京は桜の楽しみを終え、外出の際の上着も必要なくなる。

対して北海道はまだ空気がひんやり涼しく、行き交う人も厚手の上着に身を包んでいた。

ああ私、北海道に来たんだ。

大好きなおばあちゃんとの思い出が眠る、この土地に。

日鞠は思いを噛みしめるように目を閉じる。

まぶたの裏に浮かぶのは、街を守るように広がる森と、きらきら眩しい川の水、涼やかな空気。

どうせ行くあてがないのなら、あの光景を一目でも見に行きたい。

あとの身の振り方は、それから考えてもいいだろう。なにせ就職してからまる五年間、身を粉にして働いたのだから。

「さて。とはいっても、これからどうしようか……」

日鞠は苦笑を浮かべ独りごちる。

日鞠には、昔暮らしていた街の具体的な記憶がほとんど残っていないのだ。

街までの行き方、おおよその場所、さらには街の名前すらも覚えていない。

かろうじて覚えているのは、祖母と過ごした温かな時間と、日だまりのような祖母の笑顔。

そして自然溢れる風景の断片だけだ。

「五歳の時のことだからなあ。無理もないよね」

言いながらショルダーバッグから取り出したのは、一冊のスケッチブックだった。

すっかり色褪せた表紙を、日鞠はそっとめくる。

中に描きためられていたのは、幼い頃の自分が描いた街の絵だった。

街の自然や風景、そこに棲む動物たちと人々の笑顔が紙面いっぱいに収められている。

「本当、自由気ままに描いてるなあ。昔の私ってば」

久しぶりにそのスケッチブックを手にしたのは、独身寮からの引っ越し作業中だった。拙いながらも、色彩豊かないきいきとした絵を目にし、日鞠は荷造りの手を止めた。

同時に背中を押された気がしたのだ。強く、強く。

ああそうだ。北海道に行こう。

北海道のどこかにある、思い出のあの街に行こう――と。

「ふふ。大人の自分が、子どもの自分に励まされるなんてね」

こんな風に自由気ままに絵を描いたのは、いつが最後だっただろう。

ぽつんと落ちてきた空しさが、じわじわと日鞠の胸を染めていく。

「……い、いけないいけないっ」

ぱん、と両手を叩き、日鞠はベンチを立った。

街を探すにしても、まずは拠点を決めないことには始まらない。

スケッチブックをバッグにしまい、日鞠は電車の改札に繋がるエスカレーターへ向かった。

まずは北海道の中心都市・札幌駅へ向かおう。大きな駅のほうが、周辺のホテルの予約も取りやすいはずだ。

行き先を確認したあと、駅に到着していた快速エアポートに乗り込む。

平日ということもあってか、車内の席はほとんど空席だった。キャリーバッグを脇に寄せ、出入り口近くの席に腰を下ろす。

しばらくするとアナウンスがかかり、電車は緩やかに駅をあとにした。

トンネルを抜けた先に広がるのは、微かに雪の残る草原とまばらに並ぶ建物だった。工場の多かった風景が、次第に賑やかな住宅地へと変わっていく。

南千歳駅。千歳駅。長都駅。サッポロビール庭園駅。恵庭駅。恵み野駅。島松駅。

快速のため停まらない駅もあるが、豊かな自然と人々の暮らしぶりが窺える光景が気持ちいい。

規則正しい電車の揺れに身を委ねていると、漂ってきた何かの気配にじわりと瞠目した。

「――え？」

見間違いだろうか。

目前に広がる景色が、心の琴線に触れる。

ショルダーバッグにしまっていたスケッチブックを慌てて取り出すも、すぐに風景は移り変わってしまった。

それでもきっと、間違いではない。

窓越しに見えたのは、幼い頃の自分が描き残した、一枚の絵のとおりの風景に見えた。

嘘。こんなお伽話みたいなこと、本当に？

疑念と期待が一緒くたになって、日鞠の心を激しく揺さぶる。

間もなくして駅に滑り込んだ電車が、なだらかに停車した。大きなキャリーバッグを引っ張りあげ、日鞠は慌てて電車を飛び降りる。

ドキドキと逸る鼓動を感じながら、日鞠は柱に記された駅名を確認した。

「北広島駅？」

北海道なのに、北広島駅。

その駅名は覚えのないものだったが、希望を捨てきれない。

電車を見送ったあと、キャリーバッグを引きエレベーターで二階へ上がった。緊張しているからか、階段でもないのに息が上がっていく。

改札を抜け小さな売店の横を通り過ぎた日鞠は、ガラス扉をぐっと押し開けた。

「わ……！」

思わず、感嘆の声が漏れてしまう。

自然と上向いた視界には、ガラス張りの天井がアーチ状に広がっていた。

抜けるような青空が透けて見え、陽の光が駅全体に溢れている。

「すごい。きれー……」

ガラス天井の美しさに見とれたあと、日鞠はきょろきょろと辺りを見回した。

明るい色調で整えられた、気持ちのいい駅だ。

広々とした構内。扉正面では、稲がモチーフらしいキャラクター像が出迎えてくれた。

向かって右には大きな病院などの建物があり、左にはスーパーとバス、タクシー乗り場がある。

大きなガラス窓の向こうには、緑があちこちに植えられた住宅地が広がっているようだ。

しかし、日鞠のスケッチブックに描かれた深い森の姿はない。

やっぱり、さっき電車で通過したところまで向かったほうがいいかもしれない。バスか、駄目ならタクシーで行くしかないだろう。

「っ、い、痛たた……」

そのときだった。

急に身体が重くなったかと思うと、おなか辺りを鈍痛が襲う。

足下がおぼつかなくなり、日鞠は慌てて傍らの手すりにもたれかかった。

なんだろう。なんか、気持ち悪い。

「おい。大丈夫か」

なんとか姿勢を整えようとしたものの、結局日鞠はその場に膝をついた。

「え……？」

頭上から響いてきたのは、気怠げな低い声だった。

相手の顔を確認しようとしたが、グルグルと回る浮遊感にそれも叶わない。

滲む汗の冷たさと重い頭を抱え、目眩が引いてくれるのをじっと待っていた。

どうしよう。体の力がみるみる抜けていく。

「おい」

再び無愛想な言葉とともに、目の前が薄く陰ったのがわかった。

かろうじて残る意識で、重い視線をそっと持ち上げる。

泥のついたスニーカー。装飾のない黒っぽい服装に、肩にゆったりかかる少し無造作な髪。

手に抱えているのは、鮮やかな植物の束だ。

花よりも葉のほうが多く、瑞々しい緑色が腕の中に溢れている。

この香り……とても懐かしい。

青い香りに包まれるようにして、日鞠は意識を手放した。

◇　◇　◇

——大丈夫、大丈夫。少しだけ辛抱しようね。

優しく励ます声がする。

周辺の雑木林からとある葉っぱを見つけると、一枚ちぎり手のひらですり潰していった。

先が優しい丸みを帯び、裏には白い産毛(うぶげ)がある葉だ。

——これはね、魔法の薬草だよ。

——これであなたのこのケガも、きっとすぐに良くなるからね。

ふわりと柔らかく微笑んだときの面影が、今は亡きあの人と重なる——

◇　◇　◇

「ん……？」

薄く目を開くと、見覚えのない木目調の天井が見えた。

あれ。私、どうしたんだっけ。

まだ動きの鈍(にぶ)い頭で記憶を遡(さかのぼ)り、先ほど起こったことを思い出す。

そうだ。電車を降りたあと、急に体調不良になって、意識がなくなって。

そっと辺りを見渡す。どうやら今は、どこかに寝かされているらしい。

同時に喉の奥が張りついて、からからに渇いていることに気づいた。

「みず、飲みたい……」

「気づいたか」

「へ」

間抜けな声を漏らした日鞠の視界に、黒い人影がぬっと現れる。

逆光と貧血で面差しははっきり確認できないが、その声色はかろうじて記憶にあった。

「もしかして……さっき駅で声をかけてくださった方ですか」

「ああ。ひとまずここまで運んだ。しばらくそうして寝てろ」

見ず知らずの人間を運んでくれるなんて、なんて親切な人だろう。

視線をさまよわせると、足元には日鞠のショルダーバッグとキャリーバッグが置かれていた。

額に置かれた冷たいタオルと、おなか付近にかけられたブランケット。これらもきっと、この人が施してくれたものだろう。

日鞠は力なく笑みを浮かべ、掠れる声で言った。

「ありがとうございます。おかげで助かりました。あの、失礼ですがここは……」

「警戒心がなさすぎやしねえか」

びり、と電流に似た鋭さが走った。

「俺が悪い奴だったらどうする？　このままお前を、一呑みに食べちまうつもりだったら」

「た、食べ……？」

「礼を言う余裕があるなら、先にもっと自分の状況を把握しろ。女だろうが」

「……」

至極もっともな意見だった。

けれど、お礼の一言くらい口にしたっていいじゃないかとも思う。

「見ず知らずの異性に食べられるなんて考えるほど、自分を過大評価してないだけです」

多少不満に思いつつ、改めて見上げた男の姿に、日鞠は小さく息を呑んだ。

瞳の引力が——強い。

どこか気怠げな様子で、男は日鞠に半眼を向けている。それなのに、その眼差しには妙な迫力があった。

男の歳は日鞠よりも上に見える。三十歳前後だろうか。

肌はやや浅黒く、肩上の無造作な髪は吸い込まれそうな漆黒だ。

そこはかとなく野性味と妖しさが漂い、よくよく見ると整った顔立ちをしていた。

「そりゃ、随分と世間知らずな考え方だな」

感情の読めない男が、短い皮肉とともに何かを差し出した。

日鞠は唇を尖らせていたが、はっと目を丸くする。

「体を起こせるようになったら、飲め。水分補給をしたほうがいい」

「わ……いただきます！」

差し出されたのは、グラスに入った水だった。

がばりと上体を起こしたせいで僅かにふらついたが、勢いそのままにグラスに口をつけた。

美味しい。すごく、美味しい水だ。

機械的な冷たさではなく、程よい温かさが口の中に広がる。

潤いのあとに感じたのは、ほのかに爽やかな酸味。もしかしたら柑橘系の果汁が入っているのかもしれない。

「はー、生き返りました……」

「あのな。ついさっき倒れた人間が、急に頭を動かすんじゃねえよ」

「す、すみません。喉が渇いて仕方なかったもので」

男の呆れ顔に、日鞠は居心地悪さを感じて視線をさまよわせる。

日鞠が寝かされていたのはベッドではなく、二人掛けソファーだった。

しっかりした造りのウッドテーブルを挟んで、正面には対のソファー。同じ組み合わせのテーブルとソファーが、もう一組隣に置かれている。

さらに奥には丸い座面のハイチェアが数脚。カウンターテーブルを挟んだ先には、食器が綺麗に並んだ棚が設えられていた。

一般家庭にしては多すぎるイスの数と、漂うノスタルジックな雰囲気。

自然とひとつの仮説が浮かんだ。

「もしかしてここは……どこかのカフェ、でしょうか?」

「頭がようやく回り始めてきたようだな」

徐々に現状が呑み込めてきた。

今現在、このカフェ内に客人の姿はない。

しかし日鞠がこれ以上居座っていたら、迷惑をかけてしまう可能性もある。

「ご、ご迷惑をおかけしました! もう大丈夫なので、私はこれで……っ」

「待て」

慌てて立ち上がろうとした日鞠を、男が即座に引き止める。

男は店の奥を指さした。そこには、TOILETと記された扉がある。

「手洗いに用があるなら、使ってもいいが」

「……へ?」

言葉の意味をはかりかねて、ぽかんとする。

私、そんなにトイレを我慢しているように見えたのだろうか。

「あ……！」

しかし次の瞬間、ある可能性が浮かんだ。

身体の力がじわじわと抜ける感覚。ぐらぐらおぼつかない思考。腹部に感じた——「あの日」特有の、鈍い痛み。

「おおお、お手洗い、お借りします……！」

念のための着替えを手に、日鞠は手洗いに駆け込んだ。

一息ついたあと、口の中でうめき声を上げる。

まさか、このタイミングで始まりますか……！

月のものの周期がガタガタに乱れはじめて、かれこれ三年が経つ。

もともと症状は軽くなかったが、社会人生活が長くなるにつれ鎮痛薬が手放せなくなった。

前回の生理はいつだっただろう。業務やら納期やら通院やら仕事の引き継ぎやらで、もう記憶も定かではない。

手早く処置を済ませた日鞠は、意を決して手洗いを出た。

「えっと。お手洗い、お借りしましたー……」

そろりと顔を出したが、先ほどの人物の姿はなかった。

少し胸を撫で下ろしたあと、改めて今いる建物の内装を確認する。

個人で営んでいるらしい、落ち着いたテイストのカフェ店内。

対面のソファー席は、四人席二組と二人席一組。

カウンター席は厨房に面した位置と、店前の通りに面した窓際にそれぞれ四席並んでいる。

店内に飾られた観葉植物は艶のある美しい葉を揺らし、まるでそこに自生しているようだ。

クリーム色の壁とモスグリーンのソファー、そして明るい木目のテーブル。

森の隠れ家にいるみたいだ、と日鞠は思った。

「そこに座れ」

「うわ！」

慌てて振り返ると、カウンター越しに先ほどの男が立っていた。

そうだ。この人がいるんだった。

男の眼力に怯みそうになりながら、日鞠はそそくさと先ほどの席に着いた。

日鞠の鼻に、ほんのり甘い香りが届く。

厨房から出てきた男の手には、柔らかな湯気がたなびく木製のトレーがあった。

「平気なのか。具合のほうは」

「はい、大丈夫です。持病とかそういうことではないといいますか……」

「ああ。月のものだろ」

「……へっ⁉」

ズバリと言い当てられ、肩が跳ねる。

殿方からのストレートな指摘に、日鞠の頬は一瞬で赤く染まった。

しかし男は、日鞠の羞恥（しゅうち）など毛ほども気にとめていないらしい。

「これを飲め。少しは楽になる」

「っ、わ……！」

テーブルに置かれたのは、ころんと丸みを帯びた透明のティーカップとティーポットだった。

ポットからは湯気が立っている。耐熱ガラスなのだろう。

ほのかな薄茶色の液体に、ピンクの花の蕾（つぼみ）がいくつも揺れている。

ポット内には茶色のスティックがコロコロ転がり、底には何かの果物が沈んでいた。

「中のこれは、シナモンスティックですか？」

「ああ。紅茶をベースに、ハマナスの蕾（つぼみ）とシナモン、桃のスライスを混ぜてある」

「すごい……綺麗です」

まるで惹き寄せられるように、日鞠はティーポットに手をかけた。

ほのかに漂う湯気が、様々な感情の糸に絡めとられた心をそっとほぐしてくれる。

ポットの注ぎ口は意外と大きく、ハマナスの蕾がひとつカップに移ってきた。

日鞠は、目の前の紅茶にそっと口をつける。

「……、あぅ」

変な声が出た。

紅茶のほっとするような温かさに、時折シナモンと桃の風味が顔を出す。

直後、ハマナスの甘く華やかな香りにふわりと包まれた。労るような優しさが、身体にじんわり染みいるのがわかる。

「美味しいです。とても、とても」

「俺が淹れたものだからな」

言外に当たり前だと告げる男に、日鞠はこっそりと口角を上げた。

テーブルの傍らに置かれたメニュー表が目にとまる。

そこに記されたメニューの多さに、日鞠は目を剝いた。

ドリンクセットだけで二十前後の種類があり、材料が事細かに記されている。

その下には、ドリンクについての簡単な説明が付いていた。「野菜不足を感じる方に」「春を元気に過ごしたい方に」など。

要するにこのカフェは――

「うちは薬膳カフェだ。客が抱える悩みに適したドリンクを提供する」

「薬膳……それって、確か中医学の？」

「ああ」

そうだったのか。何かが胸にすとんと落ちる。

この男が妙に女性を労ることに慣れているのも、恐らく職業柄なのだろう。

もしかしたら目の前のティーセットも、日鞠の体調に適したものを出してくれたのかもしれない。

「じゃああなたは、このカフェの店員さんなんですか？」

「店長だ。店は間借りだがな」

意外だ。率直にそう思った。

このティーセットと、カフェの内装。

ＯＬや女子大生が好みそうなカフェの店長にしては、外見の印象がちぐはぐな気がする。

どちらかというと、カタギじゃない人のような空気すら漂っている気がした。

「薬膳の基本は、循環だ」

静かに告げられた言葉に、日鞠ははっと目を見開く。

「中医学には『気』『水』『血』の三つの概念がある。三つのいずれかが停滞あるいは不足することで身体に不調が現れる。過不足なく全身を巡ることで、健やかな自分に戻る。……考え方はそれぞれ違うだろうがな」

それはとても自然な在り方。同時に、心身の不調で退職したばかりの日鞠にとっては、ひどく困難な在り方にも思えた。

「……いいですね。私も見習いたいです、その考え方」

「お前、なんの目的でここに来た?」

直球すぎる問いかけだった。

日鞠の答えを待たないまま、男は対面の席に腰を下ろす。

「えっと。どうしてそんなことを?」

「訳ありだろ。見りゃわかる」

そんなものだろうか。

疑問が伝わったらしく、男は面倒くさそうに頭をかいた。

「四月中旬。観光が売りの北海道は、まだまだオフシーズンだ。しかも特段イベントごともない平日。羽田から一人観光に来たって顔じゃねえだろ」

「え、どうして私が羽田から来ただなんて」

驚く日鞠に、男は黙ってキャリーバッグについたタグを指さした。

どうやら付いたままになっていたタグの空港コードを見たらしい。

「この街に用があったのか」

「……はい」

「お前みたいな若い女は、ひとまず札幌に向かうのが妥当じゃねえのか」

「いいえ。もしかしたらこの街が、忘れかけていた大切な場所かもしれないんです」

思いがけず、語尾が震える。

目の奥が熱いことに気づき、きゅっと力を込めた。

どうしてだろう。この人には、話しても大丈夫な気がしてしまう。

表情を変えずにこちらを見つめる男の瞳は、やはり不思議な引力をまとっていた。

「私、五歳まで北海道で暮らしていたんです。一緒に暮らしていたおばあちゃんが亡くなって、遠戚にあたる今の両親に引き取られました」

それは、今まで誰にも話したことのない話だった。

「父も母もとてもいい両親です。血の繋がらない私を愛して、時に優しく時に厳しく育ててくれました。本当に、私にはもったいないくらいの両親です」

「もったいない、ねえ」

「私を引き取って、母はほどなく妊娠したんです。生意気だけど、とっても優しい弟が生まれました」

血の繋がりこそなかったが、弟は日鞠にとてもよく懐いてくれた。

両親も、弟が生まれてからも態度を変えることはなかった。

それでも、日鞠は申し訳なさにも似た罪悪感から逃れられないでいた。

「就職と同時に家を出るときに決めたんです。これからは、自分一人の力だけで生きていくって。もう誰にも、迷惑をかけないように」

「……」

沈黙が落ちる。

はっと我に返った日鞠は、努めて明るい笑みを浮かべた。

「まあそんな私も今は、失業中の身なんですけどね。せっかくの機会だから昔住んでいた街を探してみようって、ただの思いつきでここまで来たので」

「それが、この街だと?」

「それは……まだわかりません。街の名前も覚えてないんです。何しろ幼かったですから」

北海道を去って以降、日鞠は祖母と過ごした日々にあえて触れてこなかった。

この頃の写真も、北海道を去る際にわざと置いてきた。

祖母の思い出ばかり大切にしていたら、引き取ってくれた両親に申し訳なさすぎるから。

ショルダーバッグに手を伸ばすと、中に仕舞っていたスケッチブックを広げる。

「手がかりらしい手がかりは、小さい頃に描いたこの絵だけです。あんまり古い絵なので、あちこち色が褪せてしまっていますが」

湿気にやられたのだろう。

スケッチブックの紙面のあちこちが、雨粒を落としたように白く薄れてしまっている。

ぱらぱらと開き、ふと手が止まるのはいつも同じページだった。

緑の中に佇む神社。石畳と砂利道に囲まれた広場で、皆が楽しそうに遊んでいる。祖母といつも通っていた、思い出の場所の絵だ。

さあ、元気を出せ。

ずっと焦がれていた北の大地を、ようやく踏むことができたのだから。

「つまらない話に付き合っていただいて、本当にありがとうございました。飲み物のお支払いをします。おいくらですか？」

「――北広島市新登美地区。今は、新登美町南になっているが」

男の口から出た地名に、財布を取り出そうとする日鞠の動きが止まった。

「自分一人だけの力で探し出したいっていうなら、手出ししねえがな」

「え……え?」

「お前のその思い出の街探し、俺が力になる」

大丈夫。大丈夫。この人は大丈夫。

気づけば心の中で繰り返していた。

フロントガラスの向こうから、夕焼けが眩(まぶ)しく照りつけてくる。

運転席の男は無言でサンバイザーを斜めに下ろし、運転を続けた。

助手席の日鞠はなるべく隣の席を見ないように、窓に顔を向けたままでいる。

思いがけず提案された、懐かしの故郷までの道案内。

なぜ、赤の他人の日鞠をここまで手厚く世話してくれるのか。

なぜ、日鞠が探している街を知っているのか。

考えれば考えるほど、不可解なことが多すぎる。

先ほどカフェで何気なく開いた、色褪(あ)せたスケッチブック。その絵の風景に見覚えがある、と男は言っていた。

あんな拙(つたな)い絵でぴんとくるものなのか疑問だったが、日鞠は男の言葉を信じた。

この人の親切を信じることで、自分の疲弊(ひへい)しきった心が癒(い)やされる気がしたから。

「あの」

「あ？」

「あ」に濁点が付いたような男の返しに、慌てて続く言葉を引っ張り出す。

「駅で会ったときに、すごい量の植物を持ってましたよね？　花束というよりも草束のような……」

「ありゃ野草だ。知人の森でたまに採らせてもらってる。冬も終わって今年最初の収穫だった」

「野草ですか」

そういえば祖母と暮らしていた頃に、よく森の野草を採った気がする。

祖母は博識で、自分の何気ない質問にいつも淀みなく答えてくれた。それこそ野草のこと以外でも、なんでも。

この人も野草採りが趣味なのか。ますます見た目とのギャップがある。

「その野草を使って、お店のメニューにしたりはしないんですか？」

「そうするつもりで持ち帰った。が、あれを店に出すのは無理だな」

「え、どうして」

「お前があの野草に顔からダイブしてきた。他人様に出すものだからな、店に出すのは無理だ。自分で調理して自分で食う」

「ごめんなさい、すみません」

新たな失態を知った日鞠は、すっかり身を縮める。

でも、確かにあのカフェでなら、自然豊かな野草メニューはふさわしいに違いない。

先ほど車を出してもらう際に、ちらりと見たカフェの外観を思い返す。

木製の扉と白塗りの壁の、シンプルな二階建ての建物だった。

通りに面した大きなガラス窓からは、柔らかな日差しが店内に降り注ぐ。

入り口横には小さな花壇があり、色とりどりの花が春風に心地よさそうに揺れていた。

あのカフェの名は、なんというのだろう。

「着いたぞ」

「あ、はい！」

車が停車したことに気づき、男にならってシートベルトを外す。

そして広がる光景に、日鞠は目を見張った。

辿(たど)り着いたそこは、どこでも目にするような閑静(かんせい)な住宅街だった。

通りに面した区画には全国展開のコンビニがあり、少し離れた位置にはスーパーの看板の一部が顔を覗かせている。

スケッチブックの中に描かれた、緑と動物たちがともにあった街。

それが今は、人間がより住みやすい街に変わっていた。

最寄りの駅でさえあそこまで立派になっていたのだ。昔暮らしていた街だって、時代に合わせて変貌していて当然だ。

それなのに、自分はまだ望みをかけていたのかもしれない。

昔幸せな時間を過ごしたあの街だけは、今も変わらず自分を待っていてくれると。

「はは……考えてみれば、そうですよね」

口から出たのは、春風に飛ばされそうな弱々しい声だった。

「あれから、二十一年ですもんね。何も変わらずにそのままなんて、あるはずがないのに」

「……」

「どうして私、ちゃんと覚悟、してなかったのかな……？」

一歩。また一歩。足を踏み出す。

乗ってきた車とは逆の方向へ、気づけば日鞠は夢中で駆け出していた。

大きな区画の先を左に曲がる。

住宅地に面した通りだ。でも地形自体は変わっていない。

坂道が見えてきた。ほら、この道だってちゃんと身体が覚えてる。

昔よく通った上り坂だ。呼吸が浅く、痛く、すり切れていく。

がむしゃらに駆けていく中で、忘れていた記憶が僅かに蘇ってくる。

そうだ。このまま道沿いに行けば、急な上り階段がある。

その先には、唯一はっきり覚えている、思い出の場所が。

「止まれ！」

強い力で手首を掴まれる直前、日鞠はすでに歩みを止めていた。

日鞠の顔に浮かんだ絶望を見て、男は小さく眉を寄せる。

「この先に広がっていた森は、新たに住宅地として拓かれた。もう随分前のことだ」

低い声色が、日鞠に遠く響く。

毎日のように通っていた美しい森は、跡形もなく消えていた。

汗を滲ませながら上り下りした石階段も、皆で遊んだ広場も、祖母が大好きだった神社も——みんなみんな。

「下手だな。泣くのが」

驚くほど大きな手のひらに、がしっと頭を掴まれた。

見上げた先の男もまた、住宅街に視線を向けている。

夕焼けを反射しているからか、その瞳は美しい金色に染まって見えた。

「大切な街に戻ってきたんだろう。その情けねえ面、どうにかしろ」
「はは。そう、言われましても……」
力ない苦笑を浮かべた、そのときだった。
細かな光の粒が、どこからか勢いよく立ちのぼっていく。
白い光が瞬く間に視界を塗りつぶし、何も見えなくなった。
「え……っ」
急な向かい風が一気に吹きつけた。
咄嗟に腕で自分を庇い目を瞑った日鞠は、あることに気づく。
懐かしい、深緑の香り。
幼い頃の記憶がそっと開かれる感覚に、まぶたを薄く開ける。
次の瞬間、日鞠ははっと息を呑んだ。
微かに記憶にある、白く長い石階段が延びている。
行く手を包み込むように茂る木々の緑が、眩しいくらいに濃い。
地面をまだらに照らす木漏れ日が、風に優しく揺れた。
石階段を一歩、一歩と上っていく。
次第に息を上げ駆けていく日鞠に、ふわりと桃色の花びらが届いた。

懐かしさに胸が苦しくなるのを感じながら、なおも階段を上っていく。

最上段で日鞠を出迎えたのは、石畳と砂利が敷かれた広場と古びた木造の建物。

建物に寄り添うようにして生えた、美しい桜の木だった。

ああ、間違いない。

幼い頃の自分は、あの人といつもここで過ごしていた。

桜吹雪（さくらふぶき）がまるで夢のように美しかった、この場所で。

──ねえおばあちゃん。このじんじゃ、いったいだれがすんでるの？

耳に響く幼子の声に、はっと辺りを見回す。

──そうさねえ。今はもう、誰も住んでいないねえ。

──それじゃあ、おばあちゃんはどうしていつもここをおそうじするの。

──ここが好きだからだよ。それ以外に理由はいらないだろう。

──そっかー。ひまりもね、このばしょがだいすき！

溢（あふ）れんばかりの春の陽を浴びて、その人はいた。

忘れることのない、たおやかな薄紫色の着物と、後頭部にゆったりと結われた白髪。

目尻に刻まれた笑いじわと、辺りを駆ける幼女に向ける慈（いつく）しむような眼差（まなざ）し。

「……おばあちゃん！」

直後、目の前の風景が大きく弾ける。

あの頃のあの場所が、見覚えのない住宅地に変わった——いや、戻ったのだ。

日鞠はその場で膝を抱えて座り込み、深く頭を垂れる。込み上げる嗚咽が、どうしようもなく止まらない。

次から次へと溢れてくる涙が、日鞠の頬を濡らしていった。

頭にのせられていた男の手が、そっと離れていく。

優しい桜の残り香が、そよ風に静かに溶けていくのを感じた。


探し求めていた街を後にし、日鞠は北広島駅へと送り届けられた。

駅西口の降車スペースに車を停め、荷下ろしのため男も車を降りる。

「今日は、本当に本当にお世話になりました」

何度目かわからないお礼とともに、日鞠は深々と頭を下げた。

「ずっと心の中にあった懐かしい街を、この目で見ることができました。それも全部、あなたが道案内してくれたおかげです」

「大仰な奴だな。見覚えのある街の絵を、偶然お前が持っていただけだ」

淡々とした男の口調に、日鞠は口元を綻ばせる。

あそこまで変貌を遂げた街を、僅か一日で見つけることができた。

この人との出逢いがなければ、きっと起こりえなかった奇跡だ。

「あの、それとすみません。ひとつ質問をいいですか」

「あ?」

「さっき案内してもらった場所で……桜の花を見ませんでしたか?」

おかしな質問だとは承知していたが、確かめずにはいられなかった。

先ほどまるで魔法のように垣間見た、昔の大切な風景。

あれは一体なんだったのだろう。白昼夢のようなものだったのだろうか。

「今はまだ、この辺じゃ桜は蕾だぞ」

「……はは。そうですよね」

奇跡でも白昼夢でも、なんでもいいや。

たとえ一時だけでも触れることのできた、大切な祖母との記憶。

今はそれをただ、大切に胸に仕舞っておくことにしよう。

「で? どうするんだ、これから」

「この駅周りには、ビジネスホテルのような場所もないようですしね。ひとまず予定どおり札幌で一泊して、今後のことを考えます」

拠り所にしていた故郷の、大きな変貌。

二十一年経つとはいえ、すぐに受け入れられるほど日鞠は成熟できていない。

それでも、人と自然が穏やかに憩うこの街に、日鞠はすでに好感を持っていた。

変わってしまった場所がある。しかし、ここに住む人たちはとても幸せそうだ。

「近日中にこの街に来ます。そのときは、またお店に寄らせてくださいね」

「無茶すんなよ。今度ぶっ倒れても、もうソファーに寝かせねえからな」

「う……はい。純粋に、飲み物をいただきにまいります」

正直、通常営業中のあのカフェの姿が気になって仕方がない。

小さな期待を胸に滲ませていた日鞠は、唐突に「あ！」と声を上げた。

そうだ。大切なことを忘れていた。

「今さらな質問なんですけど、最後にひとつだけ。さっきのカフェの店名と、あなたのお名前は——」

続く言葉は、耳をつんざくブレーキ音にかき消された。

音のした方向を振り返ると、遠くの歩道に初老の女性がうずくまっているのが見える。

そしてさらに、ものすごいスピードでこちらに向かう自転車の姿が飛び込んできた。

「危ねえ！」

「きゃっ⁉」

すんでのところで隣の男に庇われ、日鞠は暴走自転車との衝突を免れた。

何？　一体何があった？

事態を呑み込むより先に、遠くで若い女の子の叫び声が響いた。

「引ったくりです！　あの自転車の男、このおばあちゃんの財布を盗っていきました！」

「え、あれ。うそ」

私のショルダーバッグも——ない！

「野郎」

「あ、私も」

行きます、と続ける間もなく男は駆け出していた。日鞠も慌てて後を追う。

周囲には意外がられるが、日鞠の身体能力は相当に高い。

中でも短距離走は学年一、二を争うほどで、陸上部のスカウトを受けた経験もある。

「って……は、速！」

にもかかわらず、日鞠の先を行く男の背中は急速に離れていくばかりだ。

引ったくり犯が逃げていったのは、駅前広場から右に折れた人通りの少ない細道だった。

写真屋、美容室、住宅街を通り過ぎ、勾配の急な階段を乱暴に駆け下りる。

信号を渡り、ドラッグストアの脇道に自転車は姿を消した。息が上がる。それでもどうにか食らいつく。

先ほどの老婦人の財布はもちろんだが、日鞠自身もショルダーバッグを奪われた。

あのバッグには大切なスケッチブックが入っている。

「あっ、川……！」

目の前を横断するのは、向こう岸に森が広がる川だった。

川幅はさほど広くはないが、川を挟む草原から向こう岸まではゆうに五メートル以上ありそうだ。この幅なら、飛び越えるなんて不可能だろう。

引ったくり犯も虚をつかれたのか一時停車する。

日鞠とともに引ったくり犯を追いかけていた男もまた、その足を止めた。

こめかみに滲（にじ）んだ汗を服の袖で拭い、男がふうと息を吐く。

「観念しろ。まだ無駄な追いかけっこを続けるつもりか」

「チッ！　うるせえ！」

あ。いけない。

苦々しく舌打ちした引ったくり犯は、川に向かって何かを放り投げた。

ひとつは、老婦人から引ったくった長財布。

もうひとつは、日鞠のスケッチブックが入ったショルダーバッグだ。

「やめてーっ！」

喉を擦るような叫び声が、辺りに響く。

放られたショルダーバッグは、すでに川に向かって落下しはじめている。

まさか、こんな形で失うなんて思っていなかった。自分と幼い日々を結ぶ、唯一の思い出の品を。

そのときだった。

川の上を高らかに横切っていく、何者かの影があった。

弧を描くような美しい跳躍に、日鞠は大きく目を見開く。

艶のある漆黒の毛並み。天を衝くような三角耳に、黒い尾がなびく。

人間ではない。あれは。

——オオ、カミ？

引ったくり犯に投げ込まれた荷物が、川に落ちる音はしなかった。

代わりに、向こう岸でしゃがみ込んでいた影が、ふたつの荷物を抱えながらゆっくりと立ち上がる。

オオカミじゃない。人間だ。

ついさっきまで、自分の隣で思い出の街まで案内してくれた、あの人。

人には到底飛び越えられないはずの川の向こう岸で、男はゆっくりこちらを振り返った。

「大丈夫だ。どっちも濡れてねぇよ」

「……」

いや、何も大丈夫じゃない。

情報の処理が追いつかずにその場にへたり込む。

気づけば日鞠は、再び気を失った。

「ん……、あれ？」

薄く開いた視界には、見覚えのある木目調の天井が映り込んでいた。

寝かされた頭をゆっくりと動かし、今いる場所を確認する。

モスグリーンの二人掛けソファーに、ウッドテーブル。

奥に並ぶカウンター席や厨房（ちゅうぼう）、観葉植物などの内装すべてに、日鞠は既視感を覚えた。

ああ。どうやらまた、この場所に運ばれてしまったらしい。

「もう、ここには寝かせないって言われてたのにな……」

「あ。目、覚めた？」

「え」

耳に届いたのは、人当たりのよさそうな明るい声だった。

ひょこっと現れた人物は、先ほどまで一緒にいた男とは明らかに違う人物だ。

「大変だったねえ、気を失ったんだって？　まだ無理に動かないほうがいいよ」

「え。あ、はい」

「痛いところとかはない？　目立った外傷はないみたいだけど、女の子に万が一傷が残ったら大変だからね」

気遣わしげにこちらを見つめるのは、愛想のいい茶髪の男だった。

今まで女性に困ったことがなさそうな、ほどよく爽やかでほどよく甘い笑顔。

金色にも見える茶色のさらさら髪がよく似合い、こめかみに留められた赤いアメピンが見た目をさらに若く見せている。

目尻がやや細く、瞳はほのかに淡い茶色。中性的にも見えるその出で立ちは、どこぞのモデルのようだった。

先ほどの黒ずくめの男とはまるで正反対の茶髪男——そこまで思いいたって、日鞠はガバッと上体を起こした。

「ちょっとちょっと。無理して起きちゃだめだってば」

「す、すみません。じゃなくて！」

先ほどの衝撃的な光景が、日鞠の頭に蘇る。

あの遠い向こう岸まで悠々飛び越えた、だけではない。

飛び越えていくその姿は、どうしても人間には見えなかった。

見間違い、だったのだろうか。

「あの。さっきまで私と一緒にいた、全身黒ずくめの人は今どこに……？」

「誰が全身黒ずくめだ」

「ひっ！」

最小限の声量まで落としたつもりだったが、どうやら無駄に終わったらしい。

カウンター奥から放たれたどす黒いオーラに、日鞠の肩が大きく跳ねた。

目の前の茶髪男はというと、堪えきれずに「ぶっ」と大きく噴き出している。

「噴き出してんじゃねえよ、類。お前は邪魔だから、さっさと向こうに行ってろ」

「いやいや、そうはいかないでしょ。可愛い女の子には優しくしなくちゃだし、それに……」

茶髪男は日鞠のほうへ顔を近づけ、わかりやすく笑みを濃くした。

「君さあ、見ちゃったんだよね？　そこにいる彼の、もうひとつの姿」

ひゅ、と日鞠の喉が鳴った。

「はい残念ー。ほらね、やっぱり見られてたってさ。いつも人にさんざん不注意だなんだって言ってる奴がねえ。今日ばかりは失態だったねえ」

「……チッ」

舌打ちした！

オールブラック男は眉間にしわを寄せ、なんとも凶悪な表情を浮かべている。

そのとげとげしい態度に、日鞠は二人から少し距離を取った。

「あのう。仮にも接客業の人間が、そんな目で客を睨むのはどうかと」

「お前は客じゃねえ。ただのソファー占拠者だ」

「……ああ、間違えました。接客業のオ・オ・カ・ミ！　の間違いでした！」

カウンター奥から、さらにどす黒いオーラが放出されるのがわかる。

目の前の茶髪男はというと、再び「ぶっ」と大きく噴き出した。

「目覚めて早々そんな悪態つけるほどには、元気が戻ったらしいな」

言うなり、オールブラック男がどさっとテーブルに何かを置く。

先ほど引ったくられたショルダーバッグの登場に、日鞠は息を呑んだ。

ああそうだ。この人には返していない恩が山ほどあることを、今さらながら思い出す。

「鞄の中身も全部無事だ。一応、お前の目でも確認しとけ」

「……ありがとう、ございます」

身を縮ませつつ、日鞠はバッグのふたを開けた。

言われたとおり、水滴一粒ついていない。宝物のスケッチブックも、問題なくバッグの中に収まっていた。日鞠はほっと胸を撫で下ろす。

「ええっと。さっきの引ったくり犯は？」

「犯人は逃した。盗まれた荷物と意識飛ばした誰かさんを抱えてちゃ、駅までの道を歩いて戻るのが精々（せいぜい）だったもんでな」

「大変お手数をおかけいたしました……！」

「まーまーいいじゃない。俺はラッキーだけどな、こんな可愛い子と顔見知りになれるなんてさ」

にこにこ笑みを浮かべた茶髪男が、日鞠を覗き込んでくる。

「俺は穂村（ほむら）類。君の名前は？」

「さ、桜良日鞠です」

「おっ、いい名前だね。イメージどおり可愛い」

「ありがとう、ございます……？」

ごく自然に名前を聞き出され、呆気に取られてしまう。

この男と会話していると、自分の誕生日や生い立ちまでつらつらと話してしまいそうだ。

いや、すでに同じ空間にいる誰かさんには、生い立ちを語ってしまっているけれども。

そこまで思い返し、日鞠はその誰かさんのほうへ身体を向けた。

「あのう」

「あん？」

また「あ」に濁点が付きかねない返答。でもめげない。

「あなたのお名前も、よければ教えていただけませんか……？」

聞きそびれていた、この人の名前。

色々思うところはあるが、故郷の街まで連れていってくれ、宝物のスケッチブックも取り戻してくれた。大切な恩人だ。

「大神孝太朗（おおかみこうたろう）だ」

「……」

オオカミさん。

ああ、もう間違いない。名前がすでに正体を語っているではないか。

「笑ってんじゃねえよ」

「笑ってません」

「口角がひくついてんだろ」

「違います。これはストレス性の痙攣（けいれん）です」

「ははっ、いいねー！　日鞠ちゃん、面白い」

日鞠ちゃん。

ごく自然に向けられた呼び名が、甘ったるくて妙にくすぐったい。

「あ、ごめん。馴れ馴れしかったかな。よければ俺のことは類って呼んで。あそこのオオカミさんは、孝太朗でオッケー」

「人の呼び名を勝手に決めるな」

「へえ。それじゃ、オオカミさんって呼ばれたいわけ？　違うでしょ？」

ニヤつく類に、孝太朗は心底嫌そうな顔を向ける。

一見対照的なこの二人は、どうやら随分（ずいぶん）と気心知れた仲らしい。

「ひとつ確認なんですが。つまり孝太朗さんは、狼男（おおかみおとこ）ってことでいいんでしょうか？」

「ぶ、ははは っ！　狼男（おおかみおとこ）！　やばい腹痛（いて）え……！」

ひーひー言いながら腹を抱える類の背中を、孝太朗が容赦なく蹴り飛ばす。

それからこちらを向いた男の迫力に、日鞠は背筋がピンと伸びた。

「怯えんな。別に取って食いはしねえよ。そのつもりなら、最初のときにとっくに食ってる」

孝太朗は向かいの席に腰を下ろし、いつの間にか用意していた白湯を差し出す。

「結論を言えば狼男じゃねえ。狼の物の怪の血が混ざってる、ただの人間だ。戸籍もある」

「……もののけ」

まず、「物の怪」と「ただの人間」がイコールで繋がらないのは、日鞠だけだろうか。

「あそこに転がってる馬鹿も、同族だ。奴は狼じゃなく狐だがな」

「ちょっとちょっと。人の機密情報を勝手に流さないでもらえる⁉」

「……オオカミ、と、キツネ」

改めて類を見てみる。

すると金色に近い茶髪や少し吊り目っぽい目元が、キツネのそれに見えてくるから不思議だ。

「ごねてんじゃねえよ、類。まずはこちらの素性を明かさなけりゃ、次の話に進まねえだろが」

「そうだけどさあ。多少の秘密を抱えたまま、ミステリアスな要素もあってこそ真のイケメンってものでしょ？」

「クソみてーな理由だな」

「辛辣！」

力の抜けるやりとりが進む中、日鞠は一人、頭の中を整理していた。

おばあちゃんと暮らした故郷。

その土地にある素敵カフェ。

そこで働くオオカミさんとキツネさん。

なるほど。わかった。よーくわかった。

「私、理解しましたので、これで失礼します」

「待って待って。絶対理解できてないよね。目がぐるぐるしてるもんね」

「ぐるぐるしてませんよー。類さん、私のことを人間だと思ってみくびりすぎですよー」

「話はまだ終わってねえ。白湯も飲め」

二人のあやかしに促され、日鞠は再び腰を下ろす。

言われるままに白湯を口に含むと、優しい温かさにじんと身体が癒やされる。

何度かに分けて白湯を飲んだあと、日鞠はほうと息をついた。

「……ありがとうございます。美味しいです」

「俺が淹れたものだからな」

「あ。日鞠ちゃんの笑った顔、ようやく見られたな。可愛い」

自分の分も注いできたらしい類も加わり、ひとつのテーブルを三人で囲う。

心に優しい飲み物と、どんな客も包み込んでくれる温かな店内。

そんな心地いい空間が、日鞠の遠い日の記憶のふたをそっと開かせた。

ああ、そうだ。そうだった。

「私……小さい頃、見えていたことがあったんです。あやかしの姿を」

白湯の湯気を見つめながら、ぽつりとこぼれ落ちた言葉だった。

「この土地から引っ越してからしばらくして、あやかしが見えることに気づきました。私は彼らが大好きでしたし、彼らも私のことを慕ってくれていました」

「……引っ越してから、か」

「はい。もしかしたら、思い出の土地を離れた寂しさが、本来見えないはずの『彼ら』を見せてくれたのかもしれませんね」

しかし、その姿はいつの間にか見えなくなってしまった。

いや違う。

そのきっかけとなった日のことを、日鞠は明確に知っている。

「でもしばらくして、幼稚園の同じ組の子に言われたんです。あやかしが見えるなんて嘘だって」

「……」

「本当なら、日鞠ちゃん、気持ち悪いよ……って」

見えないはずのものが、見える。

そう口にした日鞠から、新しい友人はみるみる離れていった。

嘘つき呼ばわりされ、仲間はずれにされ、幼い日鞠の心は辛くて張り裂けそうだった。

そんな日鞠の様子を、引き取ってくれた両親も敏感に感じ取っていたらしい。

それを知り、日鞠はひどく焦った。

だめだ。このままじゃいけない。

これ以上、お父さんとお母さんに迷惑をかけるわけにはいかない。

以来、日鞠はあやかしを「見ない」ことに決めた。

どんな声を聞いても姿を見ても、無理やり感覚から排除したのだ。

「もう今は私自身……あやかしたちが『いた』という事実しか、覚えていません」

その姿も声も、どんなやりとりがあったのかも覚えていない。

「自分を守るために、私はあやかしたちを捨てたんです」

はあ、と情けない息がこぼれる。

思い出したくなかった、不甲斐ない記憶。

「私が臆病で、ずるかった、から……」

「でもお前は、俺の姿を見ただろう」

はっと視線を上げると、孝太朗の瞳が真っ直ぐこちらを見据えていた。

漆黒の瞳に、強い光が宿っている。

「俺が変化した獣の姿は本来、人には見えない。こちらがよほど妖力を放出していれば話は別だが」

「え、でも」

「お前は、あやかしとの繋がりを捨てていない」

淀みない言葉が、日鞠の胸を微かに震わせる。

ちらりと後ろに視線を送った孝太朗に、類は小さく肩をすくめた。

「オッケー。それじゃ、テストしてみる？」

「あ……っ」

類の体が、薄く青白い光に包まれる。

開かれた目は、薄茶色から神秘的な白濁に染まっていった。

黄金色の三角耳が姿を現す。

人型の身体はそのままに、周囲を取りまく妖しい光はどう見ても人工的なものではない。

そして何より。

ふわりと背後から現れたのは、二又に揺れる狐の尾だった。

「見えたみたいだね？」

幻想的な光景に見とれていたことに気づき、日鞠ははっと我に返る。

次の瞬間、類はすでに元の人間の姿に戻っていた。

「今のこいつの変化も、見える人間にしか見えねえ。見える目自体は特別でもなんでもない、ただの個性のひとつだ」

「個性……」

自然と紡がれた言葉。

しかしそれは、幼い自分がずっと求めていた言葉だった。

胸がじわりと熱を帯び、込み上げてくるものにきゅっと唇を引き結ぶ。

「この辺りにも昔からあやかしが多い。何年経とうと街が拓かれようと、それは変わらねえな」

「あやかしたち……この街でも会えますか？」

「この街に来りゃ、そう苦労なくな」

「よかった」

幼い自分を慕い、寄り添ってくれた存在。

もう二度と、触れ合うことは叶わないと思っていた。

「嬉しいです。早く、他のあやかしたちにも会えたらいいのにな」

「それは、本心か？」

「え？　それは、もちろん……」

おや。なんだろう、今の質問の違和感は。

そろりと顔を上げると、二人の男が意味ありげに視線を交わしていた。

嫌な予感に後ずさるも、ソファーの背もたれに空しくぶつかる。

「日鞠ちゃんさ、行く当てがないんだよね？　まだ仕事も決まってない。そんで、いずれこの街に住もうと思ってる。ってことでオッケー？」

「お、おっけー……？」

「それでさ。この建物って二階が居住用になってるんだけど。ちょうど部屋が一人分空室になってるんだよなー、これが」

あからさまに困った表情の類がうんうんと頷く。

背後に狐が妖しく嗤う影が見えるのは、気のせいだろうか。

「要するに」と孝太朗が面倒くさそうに話を続けた。

「この二階の一室なら、今すぐにでも貸し出せる。ついでに、この店の店員として雇うこともできる」

「へっ？」

「というわけだ。どうする」

「え、ええええ……？」

どうする、と言われましても。

突然目の前に提示された、住居・就職先・思い出の土地の豪華三点セット。

正直、かなり魅力的だ。問題点がまったく見えないほどの完璧なセットメニューだ。

しかし、手放しで飛びつくほど楽観的にはなれないのも、また事実だった。

「はは。唐突な提案だったよねえ。びっくりした？」

「は、はい。まあ」

「ぶっちゃけて言うと、日鞠ちゃんにとってだけいい話ってわけじゃないんだ。俺たちにも、ちゃんとメリットがある」

メリット。その単語が、逆に日鞠の興味を引いた。

「働いてみればわかることなんだけどね。このお店の客は、普通の人間だけじゃないんだ」

普通の人間じゃない。ということは。

「要するに……このカフェの客層には、街のあやかしさんも含まれると？」

「おっ、察しがいいね、日鞠ちゃん。そのとおりだよ」

なるほど。日鞠は理解した。

このカフェにはあやかしも客として現れる。そして、客人には接客する店員が必要だ。

「つまり、あやかしが見える人員が欲しいということですね？」

「もちろん、それだけじゃないよ？　初対面でも日鞠ちゃんの真面目（まじめ）さと誠実さは充分伝わってくる。これでも人を見る目は持ってるつもりだよ？」

優しく微笑む類の茶髪が、さらりと流れる。

窓から差し込む夕日も相まって、魅惑の微笑みに拍車がかかった。

後光を味方につけたイケメンは最強だな、と変に感心する。

「もちろん、タダでとは言わないよ。お給料はもちろんボーナスもきちんと出すし、完全週休二日制。二階の部屋はどうせ空き部屋だから無償で貸してあげるよ。万が一あやかし関連でトラブルが起きた場合は、特別手当も出すからね」

「トラブル、ですか」

不穏な単語に反応するも、家賃がタダというのは相当魅力的だった。

自立した生活に、安定した収入と将来を見据えての貯金は絶対必要だ。

いやでも、こんなに安易に決断してしまっていいのだろうか。

今日は色々なことが一気に起こりすぎて、なかなか冷静な判断ができない気がする。

やはり一度ホテルに泊まって、一人でゆっくり熟考するべきかもしれない。

「心配か。今こいつが言った、あやかし関連のトラブルってやつが」

気がつけば、孝太朗が真っ直ぐな眼差しでこちらを見据えていた。

「心配ねえよ。この街にいる限り、俺がお前を守る」

「え」

「女一人引き入れるんだ。そのくらいの覚悟はとうに決めてる」

裏表のない真っ直ぐな言葉に、瞬きを忘れて見入ってしまう。

やっぱりこの人の瞳には、あらがえない引力がある。不思議なことに信用できてしまう、安心感も。

気づけば日鞠は、こくりと小さく頷いていた。

薬膳カフェを出て右奥に進むと、居住スペースである上階への外階段がひっそりと延びている。

二階の玄関扉を開けると、真っ直ぐ長い廊下が日鞠を出迎えた。

向かって右側には、ふすまで閉ざされた和室と別室の扉が並ぶ。

左側には、手洗い、浴室と洗面所に繋がる扉、その奥にはダイニングテーブルが置かれたキッチンスペース。さらに奥に一部屋。

日鞠の自室として通されたのは、右側に並ぶ二部屋のうちの奥部屋。

こぢんまりとしつつも、綺麗に掃除された洋室だった。

室内には何も置かれておらず、フローリングに白の壁、ほどよい大きさの窓のみ。

あり合わせのカーテンがつけられているが、これも好きに替えてもいいという。

「カーテンだけじゃねえ。この部屋はお前の好きにしろ。物干しにはベランダが使えねえから、部屋に干してもらうことになるが」

「はい。それは問題ありません」

想像はしていたが、水回り関係はすべて共用だった。

先ほど上ってきてわかったが、この建物は一階に店舗、二階に一家庭分の住居という構造になっていた。

日鞠にあてがわれたのは、空き部屋になっていた一部屋だ。

「冷蔵庫や洗濯機は、好きに使っていい。複数置くスペースもねえからな」

「わあ、ありがとうございます」

社員寮には電化製品があらかじめ付いていていたため、日鞠は一から生活家電を揃えなければならなかった。

蓄えもそこそこあるとはいえ、大型家電を購入しなくてもいいのはありがたい。

キッチンや洗面所などの水回りが綺麗に保たれていたのも好印象だった。

「そうだ。もし今、他の居住者の方がいらっしゃれば、入居の挨拶をしても構いませんか？」

「ああ。そりゃご丁寧にどうも」

「はい」

「……」

「……」

はい？

「質問は以上か？　それなら今日は荷物でも片付けて、適当に休め」

「ま、待って待って待ってください！」

説明は終わりと言わんばかりに背を向ける孝太朗を、日鞠は慌てて引き止めた。

「えと。すみません。つまり、他の居住者さんって……？」

「隣の和室は、俺が一人で使ってる。他の居住者はゼロだ」

「えええええええっ⁉」

しれっと答える孝太朗に、思わず大声が出てしまう。

妙にこの住居に詳しいと思ったが、まさか居住者とは思わなかった。

何驚いてるんだ、といった表情を浮かべる孝太朗に、かえって混乱する。

いやいや、ここは絶対驚くべきタイミングですよね？

「孝太朗さんはいいんですか？　一人暮らしの家に、突然見知らぬ女が入り込むことになりますが」

「見知らぬ女じゃねえよ。日鞠——だろ」

日鞠。

ごく自然に紡がれた名前に、心臓が小さく跳ねる。

「俺は他人様(ひと)との関わりに頓着(とんちゃく)しねえからな。別に人一人家に増えたところで変わりゃしねえよ」

「そういうものですか」

まあ、この人がそう言うならそうなのだろう。

「部屋にカギはねえが、そこはどうする。近所の業者に言って明日にでも取りつけてもらうこともできるが」

「え、いいんですか？」

「お前が気になるならな」

言われて確認すると、自室になる予定の扉には確かにカギが見当たらなかった。

妙齢の男女二人が住まうのに、カギなしの個室はさすがにまずいだろう。

「それじゃ、今夜はお前がこの二階を使え。俺は一階で寝る」

「はい。ありがとうございま……って、え？　あの、ちょっと待ってください！」

さらりと受け取りかけた提案に、日鞠は再び待ったをかけた。

「一階ってつまり、薬膳(やくぜん)カフェですよね？　寝るってどこにですか？　まさかと思いますが、カフェのソファーですかっ？」

「一晩くらい平気だ。今から業者を呼んでカギの取りつけをさせるのは非常識だろ」

「いや、それはもちろんそうなんですが……！」

だからといって、新参者がぬくぬくと二階で眠れるわけがない。

「それなら、今夜は私が一階のソファーをお借りします。ですから孝太朗さんは、どうぞ自室で休んでくださいっ」

「今日二度も昏倒した奴を、ソファーで寝させろってのか」

「そ、それは」

「いいから」

言い募(つの)ろうとする日鞠の眼前に、孝太朗の意外に整った顔が迫った。

「明日に備えて、お前はもう休んどけ。明日は起き次第、一階に声をかけてくれると助かる。俺は朝が弱い」

言いながら、孝太朗は自分の寝床に使うらしい毛布を小脇に抱える。

本気でこのまま一階へ向かうようだ。

「部屋のクローゼットに布団類がある。定期的に日干ししてるから、使うにも問題ないはずだ」

「――っ、カギ、いりませんから‼」

今の孝太朗の動きを封じる呪文は、これしかない。

これ以上人に迷惑をかけるわけにはいかず、日鞠は目一杯に声を張った。

どうやら効果はあったらしく、振り返った孝太朗は「あ?」と眉を寄せた。負けるものか。

「カギは、結構です！　考えてみれば玄関と自室の二ヶ所にカギをかけるなんて面倒ですし、費用もかかりますし、川を飛び越える脚力を持つ孝太朗さんがその気になれば、カギなんてすぐに壊せそうですし……！」

「まあ、それはそうだな」

否定しないのかい！　でもいいや！

「それに！　孝太朗さんは、私を守ってくれる人ですから……！」

半分勢いで叫んだ日鞠を、孝太朗が食い入るように見つめる。

何はともあれ、これから共同生活をする相手だ。

信頼関係がなければ、どのみち長くはやっていけない。

「だからその、カギは、結構です」

「……」

「なので、孝太朗さんも私を信じてくれますか。私も決して、孝太朗さんに悪さしたり、いたずらしたり、襲いかかったりなんてしませんから……！」

「……襲いかかる？」

「はい！　ん？　あれ？」

なんだろう。今、何か変なことを口走ったような。

「っ、くく……確かに、お前に襲われる可能性も、ゼロってわけじゃねえな」

あ、笑った。

常に仏頂面(ぶっちょうづら)を崩さなかった孝太朗の表情の変化に、思わず目を瞬(またた)かせる。

それに気づくことなく笑みを消した孝太朗は、抱えていた毛布を自室へ戻した。

どうやら、納得してくれたようだ。

少しの緊張を抱きながら、日鞠はそっと手を差し伸べた。

「孝太朗さん。不束者ではありますが、これからよろしくお願いします」

「ああ。よろしく頼む」

握手に応えた手は、日鞠よりも一回り大きくて少し温かい。

北海道の四月は、まだ長い冬を脱したばかりだ。

寝床の準備を済ませた日鞠は、早々に床についた。今日一日で起きた様々な出来事を振り返り、最後に先ほど目にしたカフェの看板を思い出す。

薬膳カフェ「おおかみ」。

人と人ならざるものを迎える、不思議なカフェ。

明日から自分も、この薬膳カフェの一員になるのだ。

第二話　五月、豆腐小僧のお届け物

遠くにアラームの音を聞き、まぶたを開く。

この部屋で目を覚ますのにも慣れてきたな、と日鞠は思った。

北海道北広島市。

かつて祖母とともに日々を過ごした街に住み、そろそろ二週間が経つ。

日鞠に与えられた部屋は、窓が南東を向いている。

午前中が最も日当たりがよく、おかげで朝はいつもすっきりと目が覚めた。

自室で着替えを済ませた日鞠は、洗面所で身支度を終え、キッチンで朝食を作りはじめる。

小窓を少し開けると、ほんのり涼しい風が肌を撫でた。

徐々に春めいてきた空気に、日鞠は一人笑みを浮かべる。

「孝太朗さん、もう起きてるのかな」

朝の準備をほとんど終えた頃、思い出したように日鞠は独りごちた。

大神孝太朗――日鞠の新しい職場の店長であり、同居人だ。

一階の薬膳カフェは、午前十一時に開店する。

さほど早起きを要する職場ではないが、隣の部屋から物音ひとつ聞こえないまま、時刻は午前九時半を回っていた。

今日こそ、声をかけるべきなのかもしれない。

同居当日から自己申告されたことだが、孝太朗は朝にめっぽう弱い。

厨房を一手に担う孝太朗が寝坊で遅刻ともなれば、一大事だ。

でも、ただの同居人がしゃしゃり出るのもおこがましいかもしれない。

「何してる」

「ひゃっ！」

悩んでいると、目の前のふすまが静かに開く。

ぬっと現れたのは、今にも眠りの世界に舞い戻りそうな様子の孝太朗だ。

無造作を通り越えた、ボサボサの黒髪。

低血圧を絵に描いたような表情を浮かべ、孝太朗は何度か瞬きをする。

「……ああ、お前か」

「はい。私です。おはようございます」

「ああ。よく眠れたか」

「はい。おかげさまで」

「そうか。俺は眠い」

でしょうね。

心の中で返事をした日鞠は、のろのろと洗面所へ消えていく背中を見送った。

今日もきっと、カフェに顔を出すのは彼が最後に違いない。

まあ、狼は夜行性だからな。

口にしかけた言葉を慌てて呑み込み、日鞠も出勤の準備のため自室へ戻った。


二階玄関から延びる外階段を降りていき、一階カフェの扉を開錠する。

誰もいないカフェ店内で一人挨拶(あいさつ)をしたあと、日鞠は朝のルーティンを開始した。

通りに面した大きな窓のロールカーテンを上げる。

暖かな日差しが注ぎ込むと、眠っていたカフェ店内が目覚めるような心地になる。

深緑のエプロンを着けて腰紐を結び、さっそく仕事に取りかかった。

朝にこなす準備は意外と多い。

床のモップがけ、窓ガラス拭き、カウンターおよびテーブル拭き、ソファーのコロコロがけ。お手洗いの掃除と備品の補充も忘れずに。

ひととおり終わったところで、店の扉が開いた。

「おっはよー。相変わらず早いねえ、日鞠ちゃん」

「類さん。おはようございます」

朝から眩(まぶ)しい笑顔を携えて、先輩店員の類が出勤してきた。

明るい茶髪と、それが映(は)える白い肌。

まとう服は、春を感じさせるライトブルーのシャツと細身のジーンズ。こめかみに付けられた赤いアメピンはいつもどおりだ。

ちなみに日鞠はというと、あまり季節感のないボーダーのカットソーとストレートのジーンズ姿。

大差のない格好のはずなのに垢抜け具合がまるで違うのは、やはり着こなす側に問題があるのだろう。

「今日からしばらくは忙しくなると思うけど、一緒に頑張ろうね」

「いよいよゴールデンウィークですもんね」

レジ横のカレンダーを確認しながら、日鞠は気合いを入れ直した。

平日は息つく間もない忙しさというわけではないが、土日となると話は違う。

初の土日出勤では、想像以上の客足に、日鞠は文字どおり目を回していた。

結果、その日は注文メモの順番を間違えたり案内する席の判断を誤ったりと、今でも反省深い日になっている。

「このカフェのホールは、基本的に類さんが回してきたんですよね。改めて考えると、本当にすごいことですね。尊敬します」

「へへ、ありがと。日鞠ちゃんみたいな可愛い子にそう言われると、なんだかくすぐったいなあ」

可愛い。言われ慣れていない褒め言葉に、思わず顔が強張る。

そんな反応にもにっこり笑ったあと、類は扉のほうへ視線を向けた。

「それにしても、孝太朗は相変わらず朝弱いなー。まさか起きてないってことはないよね」

「大丈夫ですよ。さっきも廊下で朝の挨拶をしましたから」

「そっか。仲良くやれてるみたいでよかった。孝太朗の奴、幼馴染み目線でも意外と頑固なところがあるからさ。大家として少し気になってたんだよね」

そう。実はこのカフェの店舗兼住居は、類の所有する建物だった。

話を聞いたとき、類は「二十歳になってから、俺のじいちゃんが大きな荷物を定期的に押しつけてくるようになったんだよねー」と笑っていた。

もしかしなくても、類はお金持ちの家柄なのかもしれない。

「ま、もし何か困ったことがあったら、相談してね。秒で解決してみせるからさ」

「ふふ。ありがとうございます」

「……はよ」

カフェの扉が開く音がする。

柔らかな朝日を背に現れた孝太朗に、日鞠は本日二度目の「おはようございます」を告げた。

黒系統の長袖に、濃紺のジーンズ。限りなく全身黒に近い、いつもどおりの服装だ。

「おっはよ。相変わらずの重役出勤だねえ。無精ひげ残ってない？」

「ねえよ。お前は俺の女房か」

嬉々として絡んでいく類と嫌そうに顔をしかめる孝太朗を、日鞠はじっと見つめていた。

日が経つにつれて、うっかり忘れてしまいそうになる。

彼らは狼と狐——物の怪の血を引く二人なのだということを。

「日鞠」

「あ、はいっ」

気づけば孝太朗はエプロンを身に着け、フロアに立つ日鞠を見下ろしていた。

その距離は、思いのほか近い。

「今日は天気もいいし客足も伸びる。ランチプレートは昨日と同じ。わからないことがあれば、迷うより先にこっちに振れ」

「はい、わかりました」

十一時きっかり。

さあ、今日も開店だ。


孝太朗の言葉どおり、その日の客足は伸び続ける一方だった。

「日鞠ちゃん。そのプレート運んだら、奥の席からお冷(ひ)やを注(つ)いで回ってくれる？」

「はい、わかりましたっ」

「一番ランチ、出るぞ」

「あ、俺が運ぶよ」

「いらっしゃいませ。何名様ですか？」

やるべき仕事が次から次へと出てくるのは、ランチタイムの宿命だ。

その中でいかにお客さまに気持ちのいい時間を過ごしてもらうか。

いかに順序立てて業務を遂行するか。

最初こそ身構えていた日鞠だったが、孝太朗と類のフォローもあり、なんとか仕事を進められていた。

お客さまを極力希望に添った席へ案内し、必要があれば荷物置きの準備も忘れない。

声がかかった際は迷わず返答する。

オーダーは確認のためにひとつひとつ復唱し、必要な説明事項がある場合は視線を合わせてはっきりと。

「おい。二番テーブル」

「はいっ」

厨房（ちゅうぼう）から出された木製のトレーには、まん丸のティーポットとガラスカップ、ランチ用のプレートとサラダが並んでいた。

ポットの中身はもちろん、客のオーダーによって変わってくる。

「お待たせいたしました。桃とシナモンと黒糖のダージリンティーのランチプレートと、クコの実とナツメとクルミのミルクドリンクのランチプレートです」

「わあ、可愛いティーポット！」

「ランチプレートも美味（おい）しそう。パンケーキもふわふわしてるー！」

女性たちの弾けるような歓喜の笑顔。

配膳すると決まって見ることのできるこの表情が、日鞠はとても好きだ。

ランチタイムでは、薬膳茶の他にランチプレートをセットでつけることができる。

本日のプレートは、パンケーキと季節のサラダだ。

ふわふわに焼き上がったパンケーキ二枚に、グラスフェッドバター、木イチゴのジャム、ブルーベリーのジャムが選べるようになっている。

切子ガラスの皿に添えられたサラダは彩り豊かで、見ただけでも五種以上の野菜が盛りつけされていた。

食後のデザートも、オプションで追加することができる。今日はハチミツのクレームブリュレが多く出ているようだ。

配膳するたびに食欲をそそる、魅惑のメニューである。

「日鞠ちゃん。一番テーブルの片付け、お願いできる？」

「はいっ」

とはいえ、今はその食欲に気を取られるわけにはいかない。

類の「もうじき落ち着くからね」という言葉に頷きながら、日鞠はその後もホール業務に奮闘した。

「ありがとうございました。またどうぞお越しくださいませ」

十三時五十分。

ランチ営業終了まであと十分。

ようやく客足が落ち着いてきたのを見計らい、日鞠はほっと小さく息を吐いた。

覚悟はしていたが、やっぱり怒濤のランチタイムだった。

以前と比べミスもほぼなく済んだが、まだまだ改善の余地はありそうだ。

忘れないうちにメモを残しておこう。深緑のエプロンからメモ帳を取り出したとき、目の前にすっと水の入ったグラスが差し出された。

「水分補給しとけ。あと十分でいったん休憩だがな」

「孝太朗さん」

そういえば、途中から喉がカラカラだった。

ありがたく受け取ったお冷やを飲み干すと、ほのかに甘いフルーツの風味が追ってくる。

美味しい。身体中に染み渡る。

「ふふ。もうここでのお仕事にも慣れてきたみたいね？　日鞠ちゃん」

「あっ」

聞き覚えのある柔らかなソプラノの声色に、日鞠は厨房を出る。

そこには予想に違わない人物が微笑んでいた。

「ご馳走さま。今日のお茶も美味(おい)しかったわあ」

「いつもありがとうございます。七嶋(ななしま)さん」

「もう。前にも言ったでしょう。『七嶋のおばあちゃん』って呼んで?」

茶目っ気たっぷりに告げるのは、常連客の老婦人だ。

ふんわりパーマがかかったロマンスグレーの髪と、少し目尻が垂れた大きな瞳。

パッチワークキルトのショルダーバッグは、自身の手作りらしい。

時折カフェを訪れては、カウンターの端の席で静かに自分の時間を過ごしていた。

「可愛いお友達ができて嬉しいわ。実は今度、また親しい友人が引っ越すことになってね、少し寂(さび)しい思いをしていたから」

「そうなんですね……私でよければぜひ、お話し相手にならせてください」

「ありがとう。また来るわね。日鞠ちゃん」

「はい。帰り道、どうぞお気をつけて」

日鞠がこの街にやってきた日に遭遇した、自転車の引ったくり。

そのとき財布を盗(と)られた被害者が、実は七嶋のおばあちゃんだった。

後日、引ったくり犯を追いかけた孝太朗と日鞠に、柔和な笑顔で感謝を伝えてくれた。

店の二人を除いて、この街で日鞠を覚えてくれた初めての人だ。

「よーし。これで午前シフトの営業は終わり、と」

十四時。

午前の営業を終え、類が扉にＣＬＯＳＥの札をかける。

「いやー、今日も客足がなかなか途絶えなかったねえ。息つく暇もなかった感じ」

「本当にお疲れさまでした。類さんも、孝太朗さんも」

「ああ」

三人で奥のソファー席に腰を下ろし、まかないのランチプレートにありつく。

先ほどまで焦がれていたパンケーキは想像以上に美味しく、うっとりしてしまう。

とろりと溶けるバターのまろやかさと自家製ジャムの甘酸っぱさは、思わず笑みが漏れるほど絶妙だ。

「おい。不気味な笑い声が漏れてんぞ」

「ふふふ。ひと戦終えたあとの孝太朗さんのランチは、本当に最高ですね」

「そうだよねえ。このブルーベリージャムとかめっちゃ美味しい。パンケーキお代わりしよっかなー」

「野菜食わねえ奴にデザートは出さねえぞ」

そんなやりとりをしているうちに、あっという間にランチプレートは空になる。

用意されていたデザートもペロリと食べ終え、類は所用があると言っていったんカフェを出た。

このカフェの営業時間は昼休みを挟んで分かれ、十一時から十四時までが「午前シフト」、十五時から十八時までが「午後シフト」と称される。

時計を見る。十四時三十五分。午後シフト開始まで、残りは二十五分か。

開店前に、覚えきれていないメニューをまとめておこう。

食器洗いを終えホールに戻ると、孝太朗はソファー席で静かに新聞を眺めている。

邪魔にならないよう隣のソファーに腰を下ろし、日鞠はメモ帳にさらさらとペンを走らせた。

メニューには写真が載っていないため、薬膳茶（やくぜんちゃ）の特徴を思い返しながら簡単なイラストを描いていく。

二番の桃とシナモンと黒糖のダージリンティーは、紅茶の中で桃のスライスがゆっくり漂（ただよ）うのが可愛らしい。底ではシナモンがコロコロ転がり、素敵な風味を与えてくれる。

五番のクコの実とナツメとクルミのミルクドリンクは、牛乳に赤いクコの実と丸いナツメの実が浮かぶ。小さく砕いたクルミが、味わいを一層まろやかにしてくれる――と。

「おい」

「ひゃっ⁉」

突然耳に届いた低い声に、飛び上がりそうになる。

隣を向くと、じいっと食い入るような目で孝太朗がこちらを見ていた。

「孝太朗さん。えと、何かお話ですか」

「うちのメニューの絵か、それ」

どうやら、メモ帳の絵のことを言っているらしい。

「そうです。まだまだメニューを覚えきれていなくて、今のうちに復習をしておこうと」

「絵、うまいな」

孝太朗が感心したように告げる。

少し間を置いて言葉の意味がわかり、日鞠はみるみる赤くなった。

手のひらサイズのメモ帳に気ままに描きつけた、薬膳茶(やくぜんちゃ)の絵。

まさか褒めてもらえるなんて思わなかった。

「あ、ありがとうございます」

「ん」

孝太朗は、再び隣のソファーで手元の新聞に視線を落とした。

その静かな居住まいに、今度は日鞠がちらりと目を向ける。

客の中には、類に好意を向ける女性が圧倒的に多い。

モデル体型の長身にさらさらな茶髪。加えて親しみやすい微笑み。ファンの一人や二人、いや十人いても不思議ではない。

対照的に孝太朗はというと、愛想もほぼなく基本的に厨房にこもる作業が多い。

それでも料理の手並みは目を奪われるほど鮮やかで、すらりとした体躯に顔立ちも整っている。

その凛とした魅力に気づいている女性も、決して少なくないのではないか。

「……？　どうした」

「あ、なんでもないです」

ぱっと視線を戻し、気を取り直して再びペンを走らせる。

そのとき、カフェの扉に吊るされたベルが音を奏でた。

「類さん。早いお戻りでしたね……、あれ？」

扉のほうを振り返った日鞠は、目を大きく見開いた。

類の姿はない。他の客の姿もだ。

にもかかわらず扉だけが半端に開き、ドアベルがいまだに小さく音を立てている。

不可思議な光景に、日鞠の背中がひやりとした。

「ど、ど、どうしてドアが勝手に……?」

「勝手にじゃねえよ。客人だ」

「お久しぶりでございます。孝太朗どの!」

……え?

カラン、コロン、と快活な音が店内に響く。

席から腰を上げた孝太朗にならい、日鞠もそっと席を立った。

するとソファーの陰に、何者かが隠れていたことに気づく。

可愛らしいえくぼを浮かべて現れたのは、丸くて白い顔の少年だ。

水色の着物を身にまとい、頭には「かさ地蔵」のようなわら笠がちょこんと載っている。

足には、少々高さのある紅い鼻緒の下駄を履いていた。

人懐こそうな、幼稚園児ほどの年頃の少年。

唯一不思議なのは、手に持つ盆の上に、ある食べ物を置いていることだった。

「あなたが持ってるのって……もしかして、お豆腐?」

「えっ」

間違いない。

少年の持つ盆の上には、白い四方形の豆腐が置かれていた。

プルプル揺れるそれはとても美味しそうで、側面にはうっすら紅葉の模様が入っている。

素っ頓狂な声を上げ、少年はしばらく声を失った。

やがて白く丸い顔が、じわじわと赤色に染まっていく。

「そんな。こんな麗しい女性が、わたくしめのことを……？」

「あの、顔が赤いよ、大丈夫⁉」

「や、やっぱり、見えているのでございますねー！」

豆腐の載った盆を器用に頭上に持ち上げると、少年はぐるぐる辺りを駆け回った。

どうやらこれは喜びの表現らしい。

「止まれ。仮にもここは店の中だ」

ピタリと動きを止めた少年に、孝太朗は世話が焼けるとばかりに嘆息した。

「こいつは豆腐小僧。俺や類と同じ、この地に住まうあやかしの一人だ」

「そうなんですか。こんな可愛い子どもが……」

「か、かかか、可愛い……？」

褒め言葉に慣れていないらしい。

ぷしゅうと両耳から湯気を出す豆腐小僧に、孝太朗は「埒があかねえ」と二度目のため息をついた。

「あいにくあと二十分で午後シフトが始まる。特段用がないなら、日を改めるんだな」

「ございますっ！　ぜひとも孝太朗どのにお頼み申したい、切実なお願いでございます！」

首根っこを掴まれ放り出されそうになった豆腐小僧が、必死に声を上げた。

「雨が降らないのでございます！　この豆腐作りに欠かせない、恵みの雨が……！」


「わたくし、豆腐小僧の豆太郎と申します。この街の南奥の森に棲んでおりまして、孝太朗どのには常日頃お世話になっております」

ソファー席に腰を下ろした豆腐小僧は、深々と頭を下げた。

「ご丁寧にどうも。最近ここで働きはじめた、店員の桜良日鞠です。日鞠って呼んでね」

「で、では、日鞠どの、とお呼びしても？」

「うん。私はなんて呼べばいいかな？　豆腐小僧くん？　豆太郎くん？　豆ちゃんも可愛くていいね」

「豆ちゃん！　ぜひぜひ、豆ちゃんとお呼びくださいませ！」

頬を桃色に染めながら言われれば、断る理由はない。

「じゃあ改めてよろしくね。豆ちゃん」

「はい！　はい！　素敵な呼び名をいただき、至極嬉しゅうございます。胸が温かくなると申しますか、懐かしい気持ちになると申しますか！」

そうなのか。もしかして、かつて誰かにそう呼ばれていたのかな。

ほのぼのした日鞠と豆腐小僧のやりとりに、孝太朗の咳払いが割って入った。

「自己紹介が済んだところで本題だ。今日は何か用があって来たんだろう、豆腐小僧」

「はっ、そうでございました！」

指摘を受け、豆腐小僧はぴんと背筋を伸ばす。

先ほど豆腐小僧は、雨が降らないと言っていた。

思い返せばこの街を訪れてから二週間、雲ひとつない快晴続きだ。

「孝太朗どのもご存じのとおり、わたくしたち豆腐小僧は美しい水辺に棲みつき豆腐を作ることを生業にしております。わたくしにも代々受け継がれている良質な水辺がございまして、日々、豆腐作りに精を出しておりました」

ところが最近は晴天の日が続き、水辺の水が涸れかけているらしい。

その影響で新たな豆腐作りができず、困っているのだと。

「言いたいことはわかった。雨が降らず、水辺の水が涸れかけ、このままでは豆腐が作れない……ということだな」

「はい。左様にございます」

「それは大変ですよね。うん、大変！」

「ひとつ確認する。豆腐が作れなくて、何かお前に不都合があるのか」

「……」

「……」

あれ？　ないの？

日鞠はてっきり、豆腐を作り続けるべき理由があると思っていた。

しかし、「う」「あの」「それは」と慌てふためく様子を見ると、そこまで差し迫った危機はないらしい。

「雨なんて、待ってりゃじきに降る。特段理由がないというのなら、気長に待てばいい。そもそも雨が降る降らないなんざ、こんなカフェの席で相談される案件じゃねえよ」

正論だった。

確かにこのカフェでいくら話し込んだところで、お天道様のご機嫌を左右できるとは思えない。

孝太朗が面倒そうにソファー席から腰を上げると、豆腐小僧は慌ててその足にしがみついた。

「ううっ、お待ちくださいませ孝太朗どの！　わたくしは、わたくしはどうしても、近日中に恵みの雨が必要なのです！」

「あのな。さっきから聞いているのは、その理由だ。納得いく理由もなく、人の手を借りられるとでも思ってんのか」

「ちょ、ちょっと孝太朗さんっ」

確かに、孝太朗の言うとおりだとは思う。

しかし、時に相手に寄り添うことも必要ではないだろうか。

現に目の前の豆腐小僧は、どう説明すべきか必死に考えを巡らせているように見える。

「実はですね。実は、実は……」

ぷっくりと丸い頬を真っ赤に染め、豆腐小僧が口を開いた。

「わたくしの豆腐を、楽しみに待ってくださる御方がいるのです！」


星が瞬きはじめた薄紫色の空を仰ぎ、日鞠は扉にＣＬＯＳＥの札をかけた。

閉店後のカフェは、日中の賑わいが嘘のように落ち着いている。

通りに面した窓にはロールカーテンが下ろされ、店内には暖色の照明が点いていた。

「なるほど。俺が席を外してる間に、そんな来客があったんだねえ」

店内では日鞠と孝太朗、類の三人が四人用のソファー席に座っていた。

「話には聞いていましたが、本当にあやかしさんもこのカフェにいらっしゃるんですね」

この薬膳カフェには、あやかしが客人として現れる。

それはまさに、日鞠がこのカフェに採用された大きな理由のはずだった。

ところが日々のカフェ業務に追われ、すっかりそのことを失念していた。

「十四時からの昼休憩の時間は、人間の客がいないでしょう。だからその分、『人ならざる客』が来やすいんだ。あ、来客があってもまかないは気にせず食べてていいからね」

「当然だ。その時間帯は、あくまで昼休憩だからな」

ソファーの背もたれに身を預け、足を組んだ孝太朗が告げる。

いつの間にか用意された白湯を飲み、日鞠はほっと一息ついた。

「それにしても、雨を降らせてほしいとは難儀な頼みごとだねえ。そういえば最近は、ずっとぴかぴかの快晴続きだったっけ」

「ああ。今日納品に来た農家も、雨が降らないことをぼやいていたな」

「でも、雨を降らせるなんて一体どうしたらいいんでしょうか」

必死に助けを乞うてきた、小さな愛らしいあやかしの少年。

彼の力になりたくて、なんとか解決策を絞り出そうと試みる。

それでも、思いつくのはてるてる坊主を逆さにした「るてるて坊主」を作ることや、雨乞いをしてもらうなどが精一杯だった。

「ま、ひとまずは周囲の状況を偵察することにするよ。何事も下調べが大切ってね」

「偵察、ですか？」

「うん。この子たちに」

類は右手の親指と人差し指の先を合わせ、小さな輪を作る。

そこにふっと息を吹きかけると、きらきらと瞬く光の粉が舞った。

光は見る間に増幅し、次第に何者かの姿を作り上げていく。

一瞬フェレットに見えたが、違う。

姿を見せたのはつぶらな瞳が愛らしい、胴がひょろりと長い子狐だった。

普通の狐じゃないことは、ふわふわと宙に浮いていることからすぐにわかる。

「この子は……狐の妖精、ですか？」

「きゅうん？」

首を傾げる仕草を目にし、日鞠の胸は激しく打ち抜かれた。

なんだこれ。ちょっと私の部屋で飼ってもいいですか。

「そいつは管狐。類の命で動く、いわば手下みたいなもんだ」

「ちょっとちょっと、手下って人聞きが悪いね。上司と部下の関係って言ってくれる？」

「管狐……」

耳にしたことがある。元は憑(つ)きものの一種である管狐。

竹筒の中に入るほどの小さな体であることから、その名がついたと言われているらしい。

類の説明によれば、この愛くるしい管狐はとうに百歳を超えているという。

「穂村家に代々仕えている、優秀なあやかしだよ。こういった案件の情報収集には、まさにうってつけだね」

それじゃ、行っといで。

類の一言で、管狐は日鞠たちの頭上をくるりと旋回する。

店の扉にぶつかることなくすり抜けると、辺りに細かな金粉を残しながら姿を消した。

もう少し眺めていたかった、と日鞠は密(ひそ)かに嘆息する。

「二、三日中に管狐がこの件についての情報を集めてくる。具体的に動くのは、そのあとからだね」

「でも、ただ待っているだけでいいんでしょうか。私に何かできることがあれば……」

「大丈夫だ」

日鞠の不安を、孝太朗が一蹴する。

「いったん頼みを聞いた以上、俺らも適当にするつもりはねえよ。余計な心配はしなくていい」

「そうそう。こういうのは焦っても仕方ないから、日鞠ちゃんは安心して管狐の報告を待っててよ」

「……はい。わかりました」

何かしたくても、今の日鞠に事態を好転させる策はない。

一人眉を下げる日鞠に、類は付け加えた。

「それに、日鞠ちゃんにもできることがあるよ、きっとね」

豆腐小僧がカフェを訪れた、翌日の夜。

「あ、いけない。もう十二時だ」

いつの間にか日をまたいでしまった。

自室で一人作業に没頭しすぎていたことに気づき、日鞠は手を止めた。

ゴールデンウィーク二日目のランチタイムも、前日同様、大盛況だった。

おかげで疲れも溜まっていたが、眠い目を擦(こす)りなんとか起きている。

それだけ今の日鞠には、どうしてもやりたいことがあったのだ。

「ふう。頑張って作っても、一晩十個が限界か……」

目の前のテーブルに広がるのは、休憩時間に買ってきた道具が一式。

色とりどりのフェルト生地と、ふわふわの白い綿、そして裁縫セットだ。

綿を手のひらで丸め、フェルト生地の中央へ置く。そしてフェルト生地の端を集め、中の綿を閉じ込めるように糸を縫いつけていく。

最後に丸い膨らみ部分に目と口を刺繍し、内部に通した紐を身体のほうに伸ばして完成だ。

「千羽鶴みたいに千個作るのは、ちょっと無謀かなあ」

苦笑した日鞠は、そのままごろりと床に背中を預けた。

寝転がりながら見上げた窓辺には、逆さ吊りのてるてる坊主——つまり「るてるて坊主」が九個ぶら下がっている。

頬を丸くして笑うその表情は、どこかあの豆腐小僧に似ていた。

「これで少しでも、雨の日が早まってくれたらいいんだけどな」

気休めの自己満足だろうとは思う。

それでも今の日鞠は、自分にできることをせずにはいられなかった。

頬から再度の招集がかかったのは、ゴールデンウィーク四日目の夜だった。

「さて。一通りの偵察を終えたわけだけど」

ソファー席に腰かける日鞠と孝太朗に対し、類は咳払いした。

偵察を任された管狐は、類の周りをふわふわと心地よさそうに浮かんでいる。

「確かにここ最近は、例年に比べて降水量が極端に少ないね。豆腐小僧が来てから三日経つけど、いまだに雨の一粒も降らない」

「はい。おっしゃるとおりですねっ」

「わかりきったことをもっともらしく話してんじゃねえよ」

「前提になる情報を共有するのは重要でしょー、孝太朗。それで、ひとまずここ三日間続けた観察の結果が、これ」

「これって……、あっ」

類の言葉に呼応して、管狐がテーブルの上にふわりと降り立つ。

そのつぶらな瞳に光の粒が集まったかと思うと、ぱっと眩しい光線が放たれた。

下ろされたロールカーテンに、ある映像が映し出される。

「これってもしかして、この街の雲の様子ですか？」

森林や市街地など色合いの違いがうっすら見える上空写真に、薄い白色の影がまだらにかかっては消える。

天気予報などで見る、気象衛星からの映像のようだ。

というか管ちゃん、プロジェクター機能まで搭載されているのか。本当に優秀なあやかしさんだ。

「この三日間、管狐に頑張って撮ってきてもらった映像だよ。ちなみにこのカフェがある駅近くがここ。こっちが国道三十六号線で、こっちが札幌方面、こっちが恵庭方面ね」

簡単に見方を説明した類は、管狐に雲の動きを再生させた。

「さて。よーく見てみて。何か気づくところはない？　お二人さん」

「えっと、ただただ北広島には雲がかからない日が続いているなあ、としか……」

話しながら、日鞠はおやと疑問が浮かんだ。

「隣街から流れてきた雲が……この街に入ると同時に、消えてる？」

「お。鋭いね、日鞠ちゃん」

にっこり微笑む類だったが、日鞠は軽く混乱していた。

隣の街から流れてくる雲はあっても、この街に入ると霧のように消えていく。

まるでこの街に雨を降らせまいとする意志があるかのように。

「連日の快晴は単なる自然現象ではない、ということか」

「はいご明察。つまりこの快晴続きは、何者かによって恣意的に引き起こされていたわけ。管狐にさらに詳しく調べさせた結果、雲を打ち消し続ける力が一番強いのが——ここ」

類がポインターを当てたのは、映像の下部分に広がる大きな森林帯だった。

「ということで。どうやらご指名みたいだよ。孝太朗」

「……え？」

わざわざ名指しした類に、孝太朗は眉を寄せたまま押し黙る。

「孝太朗さん。もしかして、今回のことに何か心当たりが？」

「ああ。今の今まで、確証はなかったがな」

面倒そうに頭をかいた孝太朗が、管狐の頭を労るように撫でた。

「明日のカフェは臨時休業だ。雨女に会いに行く」


雨女が棲む森は、市街地から道なりに真っ直ぐ南下したところにあった。

孝太朗の運転で辿り着いた先の光景に、日鞠はしばらく立ち尽くす。

「この街に、こんな大きな森が残っていたんですね……」

驚きに満ちた日鞠の声に、孝太朗は「まあな」と短く返す。

日鞠たちのカフェがある北広島駅前は、大都市とは言わないまでも、適度な利便性をそなえた街並みが整っている。

それが車で十数分移動した場所に、これほど生命力溢れる森があるとは思わなかった。

「この北広島市内で一番広く深い森だ。流れる川は水も綺麗で、美味(うま)い」

吸い込んだ空気は澄みきっていて、緑の木々はいきいきと眩(まぶ)しい。

自然豊かなこの森なら、あやかしたちが棲んでいるのも頷(うなず)けた。

車の後部座席から黒のリュックを抱え、孝太朗はキーをポケットに仕舞った。

随分(ずいぶん)重たそうな荷物だ。

「森は深い。離れるな」

「はい」

孝太朗のあとに続き、日鞠もさっそく森に続く細道を進んだ。

刺すようだった日差しは徐々に木漏れ日となり、二人を淡く照らす。

優しく届いた春のそよ風に、日鞠はすうっと息を吸い込んだ。

「空気が美味(おい)しいですね」

「ああ。そうだな」

孝太朗の表情は、心なしか穏やかだ。

道を進むたび、かしゅ、かしゅと枯れ葉が擦(こす)れる音が届いた。遠くから聞こえる鳥のさえずりに気づき、耳を澄ました瞬間、日鞠は歩みを止める。

小鳥のさえずりの中に、他の生き物の気配を感じた。

「孝太朗さん、今、何かいたような……」

「来たか。ご用聞きが」

「あっ」

どこまでも続く、深い深い森。

その奥からちらりと、鮮やかな水色が跳ね上がるのが見えた。

こちらへ近づいてくる、カランコロンという気持ちのいい音に、日鞠ははっと息を呑む。

「ようこそお越しくださいました、孝太朗どの、日鞠どの！」

「えっ、豆ちゃん⁉」

豆腐小僧がくるりと大きく宙返りする。

カラン、と着地音を奏でた少年は、喜び溢れる笑顔で日鞠たちを見上げた。

森の中でも小気味のよい音を奏でる下駄は、とてもあやかしらしい。

手にした盆には、今日も紅葉の印が押された豆腐がぷるんと揺れていた。

「このような森までわざわざお越しいただき、この豆腐小僧、ありがたき幸せにございます！」

「ありがとう。でも豆ちゃん、どうしてこの森に？」

「豆腐小僧は、もともとこの森の住人だ。森の中では、道案内兼ご用聞きとして動き回っている」

「左様にございます。実はわたくしの棲み家たる水辺も、この森の奥にあるのです！」

尋ねると件の水辺の様子はやはり芳しくなく、水源もいよいよ尽きかけているとのことだった。

無理もない。なにせ相談を受けてから、いまだ雨が一滴も降っていないのだ。

眉を下げる日鞠に、豆腐小僧は慌てた様子で声を張った。

「で、ですが！　ここまでお越しいただけたのならば、もう安心でございます！　お二人とも、雨女どのを説得してくださるのでしょう⁉」

「うん、そうなの。今から雨女さんのところに……、ん？」

豆腐小僧の言葉に、日鞠は首を傾げる。

どうして豆ちゃんがそんなことを知っているんだろう。

「やっぱりか」

「孝太朗さん？」

「豆腐小僧。お前、今回の日照りに雨女が関わっていること、とっくに勘づいてたんじゃねえのか」

「ぴぎゃっ⁉」

豆腐小僧が身体ごと大きく跳ねた。どうやら図星だったらしい。

「この森に棲むあやかしなら、天気の異常を感じて真っ先に訪ねるのは、同じ森に棲む雨女のはずだ。お前もカフェに来る前に、一度あれのところを訪ねたんじゃねえのか」

「そうなの？　豆ちゃん」

「うう……仰るとおりでございます」

豆腐小僧はしょんぼりと頭を垂れる。

孝太朗の指摘どおり、豆腐小僧は水辺に影響が出はじめた頃、まず雨女のもとを訪ねたらしい。

しかし雨女は取りつく島もなく、門前払いだった。

なす術がなくなった豆腐小僧は、薬膳カフェの力を借りに行った——という事情だったそうな。

「なら相談の時点でその経緯も話せ。おかげで数日無駄にしただろうが」

「それが実は、雨女どのよりきつく言いつけられたのです。孝太朗どのを頼るならば、自分のことは決して明かすなと。命を破ったときは、わたくしをこの森にいられなくしてやると……」

「……まあ、あいつも難儀な性格だからな」

ため息交じりに、孝太朗がぽりぽりと頭をかく。

どうやら孝太朗と雨女は、顔馴染みらしい。

「俺たちが自力でここまで辿り着いた以上、その口約束は無効だろう。この森のご用聞きたるお前に、雨女の棲み家までの道案内を任せたい。できるか？」

問われた豆腐小僧は、嬉しそうにぱっと顔を上げた。

「は！　貴重な時間を無駄にさせましたお詫びも含め、この豆腐小僧、お二人を無事雨女どののもとへお届けいたします！」

「ありがとう。頼りにしてるね、豆ちゃん」

「話が済んだなら進むぞ。まだ先が長い」

「承知いたしました！　さあ、こちら！　こちらでございますよ、孝太朗どの、日鞠どのー！」

ぴんと背筋を伸ばした豆腐小僧が、嬉々として道案内を始める。

下駄の音を奏でながら張り切る姿が、実に微笑ましい。

「ふふ、可愛いなあ」

「完全に浮かれてんな。行くぞ、日鞠」

「はい」

ぴょんぴょんと先を進む豆腐小僧に連れられ、二人も森を行く。

次第に道らしき道も見えなくなり、本格的な獣道になってきた。

「豆ちゃんは、いつも森の中で暮らしているの？」

「そうでございますね。おおよそこの森にいることが多くございます。ここには他のあやかしさまも多く、仕事が絶えませんゆえ」

「仕事って、豆腐作りだけじゃなくて？」

「豆腐作りはもちろんですが、それだけではございませぬ。こうして訪問された方の道案内をさせていただいたり、街までのおつかいの命（めい）を賜（たまわ）りましたり、隣の山まで伝言を頼まれましたり、肩揉（も）み役を拝命されましたり」

「……」

それはもしや、あらゆる雑事をていよく押しつけられている、ということだろうか。

孝太朗へそっと視線を向けると、無言で頷（うなず）かれる。

その後も自身の武勇伝を語る小さな背中に、日鞠は心の中でほろりと涙を流した。

「それじゃあ、前に話してたお豆腐を待っている相手も、森の中の誰かなのかな？」

「……実は、人間のおばあさまなのです。この森の近くに、長らく一人暮らしされている御方でして」

頬を赤らめながら語る豆腐小僧からは、相手への温かな親愛が見て取れた。

あやかしと人間の交流が思いがけないところにも見られ、自然と笑みが浮かぶ。

「事の起こりは数年前、お豆腐を買い忘れたらしいおばあさまのお家に、こっそりお豆腐を置いたことがきっかけでございました。すると翌日、同じ場所にお礼の一筆箋が置かれていたのです。美味しかったです、と」

それからというもの、豆腐小僧は定期的にその家に豆腐を届けるようになった。

「豆ちゃんは、おばあさんとお話ししたことはあるの？」

「いいえ、ございません。もとより、あやかしを見る目を持たぬ方にはわたくしの姿は見えませんので」

寂しそうに答える豆腐小僧を見て、日鞠は自分の失言に気づく。

あやかしを見ることができる人間ばかりではないということを、すっかり忘れていた。

「ですが、おばあさまからの一筆箋は毎回欠かさず受け取っております。今はもう文箱に溢れるほどになっているのですよ！」

その一筆箋には、取りとめのないことが様々に記されていた。

自分が一人暮らしを始めてもう十年になること。

結婚して家を出た一人息子がいること。

息子は豆腐入りの味噌汁が好物だったこと。

友人も、届けられた豆腐を絶賛していたこと。

最近の冷え込みで足の古傷がじくじくと痛むこと。

風邪を引かないように、といった気遣いの言葉は、数えきれないほどあった。

姿を見せない。言葉も交わせない。ただただ気まぐれに豆腐を届けるだけの、実に奇妙な相手のために。

「おばあさま……元気でいらっしゃいますでしょうか」

沈んだ声に引きずられるように、豆腐小僧の瞳はみるみる涙で潤んでいく。

「最後に豆腐をお届けしてから、今回ほど日にちが空いてしまったことはございません。もしかしたら、豆腐が届かないことを気に病んでおられるかもしれませぬ」

「豆ちゃん……」

「実は最近のあの御方は、何か大きな悩みごとを抱えられていたようなのです。時折来訪されたご家族の方とも、真剣に話し込まれておりました。わたくしの豆腐の不達で、さらなる心労が重なるなんてことがあれば……！」

「だ、大丈夫だよ豆ちゃん。きっとすぐに豆腐も作れるようになるし、そうすればおばあさんも安心してくれるよ！」

「止まれ、豆腐小僧」

「ぴゃっ⁉」

制止の声を出した孝太朗は、次の瞬間、豆腐小僧を俵のように抱え上げた。

突然の孝太朗の行動に、豆腐小僧はもちろん日鞠も目を丸くする。

「話し込むのは結構だが。踏みそうだったぞ、そいつを」

「踏みそうって一体何を……、あっ」

孝太朗が顎を軽くしゃくった先に、日鞠は視線を落とす。

そこには可憐な紫色の花が、ふわりと春風に揺れていた。

「これはこれは！　愛らしいスミレの花にございますね。これは大変失礼いたしました！」

「あやかしも植物も、この森の運命共同体だ。気をつけて歩けよ」

「は！　承知いたしました！」

地面に下ろされた豆腐小僧が、びしっと敬礼のポーズをする。

「それにしても可愛いですね。スミレって、咲くのはこの時期でしたっけ」

「ああ。内地は詳しく知らんが、北海道はだいたいゴールデンウィーク前後のこの時期だ」

内地とは、本州のことらしい。

「スミレは山だけじゃなく街中のコンクリート脇にも咲く。アリとかハチに種まきも受粉も協力してもらう賢い花だ。種についた特別な付着物を餌に、アリの巣まで運ばせたりな」

「……すごい」

「ああ。スミレは薬草でもあって、古代ローマなんかでは二日酔いや頭痛に効くとされていたらしい。ただ、ニオイスミレは部分的に毒の成分を持つ。無闇に口に入れるなよ」

入れませんよ、という突っ込みは出てこなかった。

すごい。孝太朗の野草に関する知識量が。

その後も野草について語る孝太朗は、いつの間にか日鞠の隣に屈んでいた。

いつも見上げるほどの長身が窮屈そうに腰を折る姿は、どこか幼く感じる。

何より、ここまでいきいきした孝太朗の表情を日鞠は見たことがなかった。

「孝太朗どのは、相も変わらず博識でいらっしゃいますね」

「本当に。それだけ植物が好きなんですね」

「ああ、好きだな」

目の前に揺れる葉っぱを撫でながら、迷いなく答える。

そんな孝太朗に、日鞠も自然と笑みが浮かんだ。

「私も、草花を見るのは好きです。孝太朗さんのような知識があれば、きっともっと親近感が湧くんでしょうね」

「お前が退屈でなけりゃ、またいくらでも聞かせてやる」

「わあ、本当ですか？」

目を輝かせる日鞠に、孝太朗も「ああ」と頷（うなず）いた。

こうして何気なく与えられる自然の知識に、幼い日に過ごした祖母の姿を思い出す。

懐かしいな。思わず頬を緩ませた、そのときだった。

「……え？」

耳を撫でるように届いた、誰かの声。

それはどこか甘くて艶（つや）のある、女性の声だった。

「孝太朗さん。この声は」

「そろそろ、辿（たど）り着く頃合いだな」

動揺する日鞠とは対照的に、孝太朗は顔色を変えずに立ち上がった。

「道案内ご苦労だったな、豆腐小僧。ここまででいい」

「ありがとう豆ちゃん。それじゃあ、行ってくるね」

「は！　お二人とも、どうぞ道中お気をつけて……！」

わら笠の頭を深々と下げた豆腐小僧に別れを告げ、日鞠たちは声のする方向へと進んでいった。

水のせせらぎの音が、次第にはっきり耳に届く。

見えてきたのは、きらきらと日の光を弾く川の水面だった。

水は澄み、流れる音は清らかで、川べりの小岩は鮮やかな緑色の苔に覆われている。木々の隙間からは、天使のはしごに似た淡い光が差していた。

まるで一枚の絵画のような幻想的な光景に、日鞠は目を瞬かせる。

「綺麗……。こんな川が森にあったなんて」

「孝太朗さまあ！」

静寂を破ったのは、女の甘い歓声だった。

何かが目の前を突風のように横切る。鮮やかな薄紅色の着物だ。

慌てて振り返ったところで目にしたのは、長くゆったりと下ろされた黒髪と、潤いに満ちた白い肌。

そして喜びが弾けるような満面の笑みだった。

「ようやくお越しくださいましたか！　お会いしとうございました！」

「飛びつくな。苦しい」

「ああ、この逢瀬をどれほど待ちわびたことか……！」

「話を聞け。ひとまず離れろ、雨女」

雨女。

そう呼ばれた女は、孝太朗の制止に従うつもりはないらしい。

細い腕は孝太朗の首に巻きつき、隙間なく抱きしめていた。

幸せそうに孝太朗に語りかける姿に、日鞠は目を瞬かせる。

あれ。もしかして私、存在を認識されていない？

話しかけていいものか思案していると、雨女の紅色の目が日鞠を射貫いた。

「――で。貴様は何者じゃ」

認識はされていたらしい。

突如向けられた鋭い視線に、背中がすっと冷たくなった。

「は、はじめまして、雨女さん。私、桜良日鞠と申します」

「知っておる。突然孝太朗さまの前に現れた身の程を弁えぬ愚かな貴様のこと、わらわが知らぬとでも？」

「絡むな、雨女」

「いやでございますわ、孝太朗さま。紫陽花と呼んでくださいまし」

「あ、あじさい？」

「気安い！　わらわの名、貴様には呼ばれとうない！」

「失礼しました！」

どうやら「紫陽花」は、雨女の名前らしい。

鋭い目つきで威嚇されたが、素敵な名前だな、と日鞠は思う。

改めて見る彼女は、前髪が眉の上で真っ直ぐ揃えられ、後頭部には拳程の大きさのお団子が結われていた。その結び目には小さな花飾りがいくつも挿さっていて、まるで本物の紫陽花の花のようだ。

それはさておき、ひとまず日鞠には確認しておきたいことがあった。

「孝太朗さん……あなたもしかして、ロリコ」

「言わせねえぞ。んなわけねえだろ」

孝太朗は凄んで吐き捨てる。

が、今の状況ではまったく説得力がなかった。

というのも目の前の雨女は、まだ年端もいかない「少女」のあやかしだった。

人間で考えれば、おおよそ十歳前後といった印象だ。

孝太朗の首に無理に抱きついているため、身長が足りず足は宙に浮いている。

「なんじゃ。わらわに何か文句があるのか卑しき人間の女よ」

卑しい。初めて言われた！

「ふん。どうせその凹凸のない貧相な身体で、孝太朗さまを無理に惑わしたのだろう？」

「おいやめろ。すっげーこと言ってんぞ、お前」

二の句が継げない日鞠に、雨女はふふんと勝ち誇った笑みを浮かべた。

「孝太朗さま、なぜこのような女を世話なさるのです。独り身が応えるのであれば、このわらわがいつでも馳せ参じますものを！」

「大人には色々事情があるんだ。ガキにはわからん」

「ああひどい。説明に困ったらまたそれですか……！」

不満ありげに、雨女が口を引き結ぶ。

それでも抑えきれなかった不満を浴びせられたのは、日鞠だった。

「卑しき女よ」

「は、はい」

まずい。自分で「卑しい女」と認めてしまった。

「貴様、歳は？　見たところ二十歳そこそこかえ」

「ち、違いますっ、今年で二十六歳です！」

思わず訂正の声を上げたが、雨女は値踏みの視線を崩さない。

「なぜこの地に来た？　目的はなんじゃ。孝太朗さまの花嫁の座か？」

「違います違います！　何もかもがすべて違います……！」

まずは根本から説明して、怒りを静めてもらわなくてはならないようだ。

「私は、五つの頃までこの街に住んでいたんです。このたび、もろもろの事情で勤め先を辞めることになりまして。それを機に懐かしいこの街に帰ってきた……というわけです」

「帰ってきた、と？」

雨女の瞳が揺れる。

いまだ孝太朗の首にかけられていた腕が、僅かにその力を緩めた。

「孝太朗さま。よもやこの女ではありますまいな。以前お話しくださった、一生忘れられない大切なおなごというのは」

「……え？」

大切な、女の人？

「違うな」

孝太朗は素早く断じた。

その反応に、雨女がすかさず食い下がる。

「本当に本当でありましょうな。いくら子どもと言われましても、紫陽花の恋心は本物にございます。この問いに、おざなりの虚偽(きょぎ)を返されるのであれば……！」

「お前も知っているだろう。俺は嘘(うそ)が嫌いだ」

「……そうですか。承知いたしました。では」

納得したらしい雨女が、再び日鞠に向き直った。

「やはり！　この女は、孝太朗さまをたぶらかす身の程知らずな放浪女……ということで間違いございませんね!?」

「間違いだらけだが、この際お前の解釈はあとだ」

うん。もうそれでいいや。日鞠も内心で同意した。

「本題に入る。最近のこの街の快晴続きは、お前の力の影響だな。雨女」

「いかにも。そのとおりでございます」

雨女は、意外なほどあっさり白状した。

聞けばここ最近、この街の上空にわざと雨を降らさなかったのだという。

正確には自らの雨を降らせる力を調整し、周りの雲を街の外へ流していたらしいが。

「日照時間が過度に増えれば、孝太朗さまも雨の日を欲してくださいましょう。なればこの紫陽花のもとへお越しくださり、その凛々しいお顔で力を貸してほしいと仰ってくださるかと……」

孝太朗の手で切り株に座らされた雨女が、心情を明かす。

つまり孝太朗に懸想する雨女は、この森を訪れてほしいがゆえに天気を操作していたのだ。

豆腐小僧にあえて自分の名を告げさせなかったのは、孝太朗に自ら思い出してほしかったからだろう。

「ならそのとおりになったじゃねえか。今すぐ雨を降らせろ」

「違います！　そんな物言いは嫌でございます！　もっとございますでしょう、愛を語らう男女の逢瀬の空気が！」

少女を見下ろす孝太朗は、どうしたものかといった表情で頭をかいた。

孝太朗は無言で視線を寄越すが、日鞠は見ないふりをする。

この流れで助けを乞うのは勘弁していただきたい。

「ともかくだ。雨を降らせなけりゃ、お前自身にも無理がでるだろう。変な意地張ってんじゃねえよ」

「……いや」

「あ？」

「嫌です嫌です嫌です！　そんな頼み方では、いくら孝太朗さまの願いでも雨を降らせるわけにはまいりませぬー！」

ああ、だめだ。完全に手詰まりだ。

この問題の難点は、孝太朗が乙女心を欠片（かけら）も理解できていないことだろう。

恐らく雨女とて、ここまで態度を硬化させるつもりはなかったに違いない。

しかし、一度張った意地を解くのはそう容易（たやす）いことではないのだ。

必要なのはきっかけだ。どうするべきか。

「そうだ孝太朗さん！　一度カフェに戻って、雨女さんのためにランチセットを作ってくるのはどうでしょう？」

努めて明るい声を上げる日鞠に、雨女と孝太朗は揃（そろ）ってこちらを見た。

「今回のお詫びもかねて、孝太朗さんが雨女さんにぴったりだと思う薬膳茶（やくぜんちゃ）のランチをご馳走するんです。ね、いいアイディアでしょう？」

「あ？　俺が一体なんの詫びを……」

イイカラ、ダマッテ。

一瞬の視線に込めたメッセージに、孝太朗は素直に口を閉ざした。

「雨女さん、何かお好きな食べ物はありませんか？　せっかくですから、雨女さんのお好みのメニューを……」

「気に入らんな」

「え」

「貴様にお膳立てされて、わらわが喜ぶとでも思っておるのか？」

地を這うような少女の声色に、ぞくりと背筋が凍る。

気づけば雨女は切り株の上に立ち、怒りの眼差しをこちらへ向けていた。

「元はといえば貴様のせいではないか、女！　孝太朗さまの親切につけ込んでまんまと住居に潜り込みおって！　おかげでわらわは恋煩いが過ぎて、夜もろくに眠れぬわ！」

「そ、それは本当に、申し訳ございません！」

「謝るな日鞠。おい聞け、紫陽花」

紫陽花。

名を呼ばれ、雨女ははっと息を呑む。

上背のない少女に視線を合わせるように、孝太朗は地面に跪いた。

叱るつもりだろうか。しかしその目に怒気は感じられない。

じっと無言で見つめられ、雨女の勢いはもはや完全に消えていた。

「孝太朗、さま……？」

「確かに、いつもより目が充血してやがるな」

告げられたのは、意外な言葉だった。

「寝不足だけか？　他に不調はねえのか」

「じ、実は最近、少し風邪気味にございます。川べり近くにいるときはまだましなのですが、時折鼻の奥に痛みがございまして」

「なるほどな。いつ頃からだ」

「ええっと……」

ぽぽぽ、と。

気づけば雨女の頬は、愛らしい桜色に染まっている。

その後もあれこれ尋ねた孝太朗は、背負ってきたリュックから何かを取り出した。

綺麗に並べられた容器と中に収まる食材に、日鞠は目を丸くする。

「孝太朗さん。そのリュック、薬膳茶の材料が入っていたんですか？」

「材料だけじゃねえよ。ポットとカップも入ってる。割れちゃならねえからガラスじゃなくプラスティックだが」

説明を加えつつ、孝太朗は手慣れた様子で準備を終える。

見るとそこには、簡易的ではあるが薬膳茶を淹れるのに充分な道具一式が並んでいた。

大きな切り株にランチョンマットを敷き、テーブル代わりにする。

孝太朗に促され、雨女と日鞠は小さな切り株に腰を下ろした。二人の邪魔にならないよう、日鞠は少し離れた切り株を選ぶ。

「紫陽花。お前、去年の今頃もその体調不良とやらでやられてただろう」

「え」

「花粉症だな」

花粉症。

ここ最近、天気予報でよく耳にするようになったワードだ。

「雨女は、もともと湿気の多い場所にいることが多い。川べりを離れると症状が出やすいのは、空気が乾燥することで花粉が舞いやすいからだ。ここ最近の晴天続きで、花粉も一気に舞っているようだしな」

さらっと皮肉に近い発言が出たが、本人にその気はないらしい。

必要な材料を選び終えたあと、孝太朗は魔法瓶の水筒を手に取った。

魔法瓶のふたを開ける。

ふわりと上がる湯気とともに漂(ただよ)う香りには覚えがあった。烏龍(ウーロン)茶だ。

ポットに入れるのは、白い菊の花と、ペパーミントの葉、そしてナツメの実。

最後に魔法瓶をポットへ傾けると、先ほどの材料が踊るように薄茶色の烏龍(ウーロン)茶と混ざり合っていく。

ぷかりと浮かんだ可愛らしい白い花に、雨女の瞳がきらきらと輝いた。

「そろそろこの時期だと思って、材料を持ってきて正解だったな」

「わらわのために、わざわざ用意してくださったのですか？」

「前にこの茶を飲めば、すぐに元気になれるって言ってただろ」

「……っ」

顔を真っ赤にしながら、雨女はこくりと頷く。

差し出されたカップに口をつけると、雨女の眉はゆったりと和らいだ。

「美味しゅうございます。孝太朗さまのように、優しい味わいです」

「ああ。なんだかよくわからねえが、症状が和らぐっていうならまたいくらでも持ってきてやる」

だから、いつでも頼ってこい。

言いながら、孝太朗は雨女の頭の花飾りをそっと直してやる。

ふんわり笑みを浮かべる雨女からは、幸せに満ち満ちた温かな感情が伝わってきた。

「——で？　貴様は何をしておる」

認識はされていたらしい。

ぎろりと向けられた鋭い視線に、日鞠は忙しなく動かしていた手を慌てて止めた。

「いえ特に何も。大したことはしていません……！」

「日鞠。お前の分の茶も入ったぞ」

「あ。ではそれは、あとでいただきます」

「日鞠。手に持ってるそれはなんだ」

イイカラ、ダマッテ――！

一瞬の視線に込めたメッセージは、今回は残念ながら伝わらなかった。

怪訝（けげん）な顔でこちらを凝視する少女。もはや白状するほかない。

「貴様、何を企んでおった。その手に持つもの、わらわにも見せよ」

「……はい」

日鞠はすごすごと二人の前まで歩いていく。

手にしていたのは、最近新調したばかりのスケッチブックだった。

先ほどまで使っていたページを、二人のほうへ向ける。

雨女が、目を大きく見開いた。

「二人の雰囲気があんまり素敵で。つい、絵に残したくなってしまいました」

そこには、雨女と孝太朗が仲睦まじくお茶を飲みかわす光景が描いてあった。

切り株のテーブルを囲み、薬膳茶（やくぜんちゃ）を手にした雨女と、その髪飾りを優しく直す孝太朗。

背景は清らかな川の流れと、どこまでも深く茂る森の木々。

今はシャープペンシルと消しゴムしか持ち合わせていないため、色調は黒の濃淡で可能な限り表現していた。

「了承をとらずに描いてしまって、本当に申し訳ありません。今すぐこの絵は破棄しますので、どうかお許しを……！」

「……」

「……あのう。雨女さん？」

小さく呼びかけると、雨女はぱっと顔を上げた。

叱責の言葉を覚悟したが、それもない。

それどころかスケッチブックの絵を、雨女の大きな瞳が食い入るように見つめていた。

「これは……わらわの絵か？」

「あ、はい。本当は頬の柔らかさや髪の美しさも、もっと表現したかったのですが、あいにく今日は色鉛筆を持ち合わせていなくて」

「こちらは、孝太朗さま？」

「あ、はい。一応そのつもりです」

あれ、気のせいだろうか。

雨女の口ぶりには、怒りも侮蔑も感じられない。

「やっぱりうまいな」

じいっと絵を凝視する雨女の後ろから、孝太朗が感心したように言う。

「黒のシャーペンだけでここまで描けるもんなのか。驚きだな」

「そ、そうですか……？」

「ああ。ほら見ろ、紫陽花」

雨女の肩に手をのせた孝太朗は、反対の指で日鞠の描いた絵をなぞった。

「この柔らかい笑顔なんか、お前そのものだ」

孝太朗の言葉に、雨女は花が綻ぶような笑みを浮かべた。


雨女は、翌日早朝から雨を降らせることを約束してくれた。

溢れんばかりの木々に包まれた森から出ると、急に周囲の視界が開ける。

遠く見える山の峰から夕日がこぼれていて、橙色が眩しい。

発進した車の揺れの中、日鞠はようやくほっと一息ついた。

「よかったですね。雨女さんが協力すると言ってくれて」

「雨女のあいつとしても、これ以上の日照りの日々は辛かったろうからな」

助手席から話しかける日鞠に、運転席の孝太朗が答える。

日鞠の胸は、喜びと充実感でいっぱいだった。

「よかったです。豆ちゃんのお願いを、叶えることができて」

「……」

「昔の私は、その声を『聞く』ことをやめてしまったから」

もしかしたら、それは過去への償いかもしれなかった。

自分の居場所を守るために、人ならざる彼らの声に気づかないふりをした。

だからこそ今は、可能な限り彼らの声に耳を傾けたいと思っている。

昔の自分とはもう違う。今の自分には、それができるのだから。

「肩肘張るなよ」

「え?」

「お前はそのままでいい」

長く延びる道を進む中、孝太朗の横顔が夕日に照らされる。

「生真面目でお人好しなお前のままで、充分だ」

「……ありがとうございます。孝太朗さんは優しいですね」

「それは勘違いだな」

「違いませんよ。孝太朗さんの優しさに、私、もう何度も助けられてます。今も……」

「……日鞠？」

名を呼ばれる。返事をしなくちゃ。

でも、まぶたがとても重い。

車の振動が、森を歩き回って疲れた身体にひどく心地いい。

気づけば日鞠のまぶたは落ち、助手席の背もたれに完全に寄りかかっていた。

そういえば、豆ちゃんは明日からさっそく豆腐作りを再開すると言っていたっけ。

よかった。本当に、よかった――

「子どもみたいだな」

そう呟く男の声は、今までで一番柔らかい。

日鞠が完全に寝入ってしまう直前、車がほんの僅かに徐行した気がした。

「豆腐小僧が言っていた家は、あれか」

孝太朗の視線の先には、民家の縁側に佇む着物姿の人影がある。

微かに愁いを帯びた呟きを聞きながら、日鞠はそっと意識を手放した。

翌日。ヴェールのような優しい雨が街を包む。

雨天と連休明けの日中ということで、久しぶりに客足も落ち着いていた。

「できました！　できました！　できましたー!!」

ドアベルと下駄の音が重なったのは、休憩時間の十四時過ぎだった。

カフェ店内でまかないを食べていた日鞠と孝太朗の前に、満面の笑みを浮かべた豆腐小僧が来訪した。

「孝太朗どの、日鞠どの！　その節は大変お世話になりました！　おかげさまで、代々受け継いだ水源も無事潤いを取り戻しました！」

「それじゃあ、もう新しいお豆腐も？」

「はい！　それはもう、渾身の一品が！」

大きく頷いた豆腐小僧は、背負っていた木箱のふたを開ける。

中から現れたのは、一際美しい四方形の豆腐だ。

ほんのりクリーム色の表面はしっとり潤いを帯び、大豆のまろやかな香りがほのかに鼻腔をくすぐる。

側面にはやはり、紅葉の模様がうすく刻まれていた。

「すごい。すごい。綺麗なお豆腐……！」

いまだかつて、日鞠は豆腐に目を奪われるという経験はない。

でも今目にしている豆腐は、宝石のようにきらきらと輝いて見えた。

日鞠の反応に、豆腐小僧もまた照れくさそうに頬を赤く染める。

「お二人の力をお借りして、ようやく作れるようになった豆腐です。どうやら知らぬ間に、製作に力が入ってしまったようでして」

「よかったね。こんなに素敵なお豆腐が届いたら、きっとおばあちゃんも喜んでくれるよ」

「そそそ、そうでしょうかっ！　そうだといいのですが！　日鞠どのはそう思われますか⁉」

「もちろんだよ。これからおばあちゃんのお家に行くの？」

「いいえ、向かうのは明日でございます！　今日はもう、いつもお邪魔している時刻を過ぎてしまっておりますので」

「今日行っておけ」

豆腐を丁寧に箱へ戻す手が、ぴたりと止まった。

日鞠もまた、言葉を発した人物に目を向ける。

「今日、行っておけ。今すぐに」

「孝太朗さん？　一体どうしたんですか……？」

日鞠の問いかけに、孝太朗は口を閉ざした。

店内に落ちたしばらくの沈黙のあと、小さく息を呑む音が聞こえた。

「ご助言いただき、感謝いたします。それでは！」

「豆ちゃん……、あっ」

ぺこりと頭を下げると、豆腐小僧は雨降る中を去っていった。

慌てて扉に駆け寄ったが、すでに豆腐小僧の姿は見当たらない。

「孝太朗さん。さっきのはどういう意味だったんですか？」

再度問うも、孝太朗は沈黙を守ったままだ。

豆腐小僧は何かを察したような表情ではあったが、どうしたのだろうか。

日鞠の胸に、ふと悪い予感がよぎった。

「あれ。もしかして、あの小僧くんと入れ違いだった？」

「類さん」

「どーも。お疲れさま、日鞠ちゃん」

再び開いた扉口に立っていたのは、休みのはずの類だった。

傘の水をトントンと店先で払ったあと、二人の席に歩みを進める。

「もう遅いかもだけど。孝太朗に頼まれた調べごと、一応管狐に当たらせたよ」

「調べごと？」

「うん。豆腐小僧が豆腐を届けていたっていう、おばあさんのこと」

どこからともなく現れた管狐が、類の腕にするりと巻きつく。

「おばあさん、一人暮らしの家を出て、遠くの施設に入るらしいね。荷物の搬出日は、今日の午前中だって」

――美味しいお豆腐が欲しいわねえ。

そんな声が聞こえたのは、いつのことだっただろう。

確かあれは隣山へ使わされた挙げ句、届け先の相手にこっぴどく叱られた日のことだった。

夕焼けの橙色がひどく眩しかった、帰り道。

他の者に理不尽に扱われるのはいつものことだ。

今までもそうだったし、きっとこれからもそうだろう。

仕事でどれだけこき使われようと、愚図でのろまと罵倒されようと、すぐに頭を下げれば被害は最小限で済む。そのくらいは学習できている。

それが今、何に胸を痛めているかといえば、相手に豆腐のことを馬鹿にされたからだった。

豆腐小僧にとって、盆に載せた豆腐は誇りだ。

森へと続く草原をとぼとぼ歩きながら、目の前の盆に置かれた豆腐を見つめる。

確かに、その見た目は完璧とは言いがたい。

派手さもなく、彩りもない。それは承知しているが、豆腐小僧にとってはずっと身を寄せ合ってきた相棒のようなものなのだ。

かなしい。くやしい。なさけない。

大きな瞳から涙がこぼれ落ちそうになり、水色の着物でぐしぐしと拭った。

「美味しいお豆腐が欲しいわねえ」

「……え？」

空耳かと思った。

通りかかったのは、二階建てのこぢんまりした民家だ。

石垣からそっと覗くと、縁側に着物姿のおばあさんが腰かけていた。

「お味噌汁に入れるお豆腐を、うっかり買い忘れちゃったわ」

「……！」

「さて、困りましたねえ。どうしましょうかねえ」

のんびり歌うような調子で、おばあさんは独り言を漏らしていた。

縁側からいなくなったおばあさんを確認して、豆腐小僧は持っていた豆腐を玄関先にそっと置いた。

翌日その家の前には、空になった皿と一筆箋、小さな和菓子がひとつ置かれていた。

和菓子も甘くて美味しかったが、一筆箋の「美味しかったです」の文字が何倍も嬉しかった。

だからそのとき、自分は決めたのだ。

このおばあさんを、陰からそっと見守り続けようと。

誰かに命じられたからではない。

そうしたいと願う、自分のために。

「これは……」

肩で息をしながら、豆腐小僧は呆然と民家の前に立っていた。

最初の違和感は玄関先だった。いつも並んでいたプランターがない。

確か以前来たときは、ようやく春めいた気候になってきたからか、花が植えられていた。

ここのおばあさんは花が好きなのだ。

さらに、玄関の扉は雨だというのに開かれている。

中を見ると、使われていたはずの玄関マットや飾られていた一輪挿しの花瓶、たくさんの家族写真までもが綺麗になくなっていた。

それだけじゃない。

恐らく、この家の中のすべてのものが。

「……はは」

小さく開いた豆腐小僧の口から、小さな笑いが漏れる。

やっぱり自分は、愚図でのろまだ。

おばあさんのために豆腐を届けなければいけないと思っていた。

足の悪いおばあさんにとって、自分の豆腐はなければ困るものだろうと。

そんなこと、あるわけないとわかっていたのに。

ここへの来訪を欲していたのは、いつだって自分のほうだったのだ。

「お義母さん。そんなところにいては身体が冷えますよ」

豆腐小僧の瞳が大きく見開く。届いたのは、若い女性の声だった。

「そうねえ。でももう少しだけ」

「それならせめて上着を羽織ってください。元気になっていただくための引っ越しで、風邪を引いてはいけませんから」

お義母さんは本当に縁側がお好きですね、と若い女性は縁側に座る人物に羽織をかける。

柔らかな笑顔でそれを受け取り、おばあさんは再び雨が降る庭に視線を向けた。

豆腐小僧は石垣からそっと姿を見せる。

やがて、一歩、一歩、その人物の近くまで歩みを進めた。

こうして向かい合うのは、初めてだった。

とはいえ、恐らくおばあさんは、自分の姿を認識していないだろうけれど。

「いつものお豆腐……お届けにまいりました」

背中の箱から取り出した豆腐を、おばあさんの座る縁側にそっと差し出す。

この手が皿から離れれば、おばあさんにも豆腐が視認できるようになるはずだ。

「おや、まあまあ」

朗らかに落ちる、おばあさんの声。

しわの刻まれた細い手が触れたのは、置かれた豆腐ではなく、雨にしっとり濡れた豆腐小僧の手だった。

「ようやっと、お会いできましたねえ」

「え……」

呆ける豆腐小僧に、おばあさんは目尻を下げる。

見上げたおばあさんの瞳には、確かに自分の姿が映り込んでいた。

「こんなに小さな手で、いつもお豆腐を届けてくださったのねえ。春も夏も秋も冬も。わたしのことを気にかけてくださった、優しい手だわあ」

「おばあ、さま……」

「あなたのお豆腐はね、いつもとても温かいんですよ。食べるたびに、一人でいる寂しさが溶けていくんです。お外に置かれているのに、不思議ですねえ」

「……っ」

「紅葉印のないお豆腐が、今ではどこか味気なくなってしまいました」

ぽんぽんとわら笠を撫でる。

その手のひらの温もりに、豆腐小僧もまたにっこり笑った。目尻に浮かぶ涙を、必死に抑え込んで。

「おばあさま……このお届けが、最後でございますね」

「申し訳ございませんねえ。急に決まったお引っ越しで、驚かせてしまいましたねえ……」

「いいえ、いいえ。謝ることなんて、本当に、これっぽっちも……っ」

何度も何度も首を横に振る。

荷物を運び出したあとも、待っていてくれた。

いつもの訪問時刻を過ぎたあとも、雨降りの中をいつもの縁側で。

それだけで、もう充分だ。

「どうぞいつまでも……息災で」

瞳から流れた温かい涙の雨が、ぽろぽろと豆腐へ染みていった。

薬膳（やくぜん）カフェ「おおかみ」、本日臨時休業。

しかし、店内は賑（にぎ）わっていた。

「お待たせいたしました！　どうぞどうぞ、お召し上がりくださいませ！」

「わあ……！」

運ばれてきた料理の数々に、日鞠は瞳を輝かせた。

四人席のテーブルに並べられたのは、様々な豆腐料理のフルコースだった。

ほかほかと辛みのきいた湯気の立つ麻婆豆腐に、鮮やかな緑黄色野菜の中央に豆腐が鎮座する豆腐サラダ。

肉やネギ、白滝とともに甘塩っぱい風味が染みこんだすき焼きは、すでに人数分の小皿に盛りつけてある。

「こうして見ると、豆腐料理って結構バリエーションあるよねえ。単体だと地味だけど」

「類さん！　地味なんて失礼ですよっ」

「いいのですよ、日鞠どの。料理の感想は人それぞれ自由なのですから」

頬を赤らめながら告げる豆腐小僧は、とても幸せそうに微笑んだ。

数日前に訪れた、おばあさんとの突然の別れ。

日鞠はそのことを聞かされてからというもの、豆腐小僧の様子が気になって仕方がなかった。

そんな日鞠を見かねた類が提案してくれたのが、この豆腐料理の集(つど)いだったのだ。

「孝太朗どのも、どうぞこちらでお召し上がりください！　後片付けはわたくしめが行いますのでっ」

「ああ。ついでに、こっちの小鉢も運んでく」

厨房(ちゅうぼう)で主に腕を振るったのは豆腐小僧だったが、孝太朗はそのフォローに回っていた。

孝太朗が運んできた小鉢に、日鞠は目を瞬(また)かせる。

「これは白和(しらあ)えですね。ニンジンにわかめに……この緑色の葉は？」

「そちらは、スミレの葉にございます」

「え？　スミレって、森で見たあのスミレ？」

豆腐小僧の返答に、日鞠は小鉢をしげしげと見つめる。

言われてみればちんまりと小さな葉は、スミレの花と寄り添うに相応しい。

崩された豆腐にスミレの葉と細く刻まれたニンジン、わかめが絡み、少量ながらに食欲を刺激する。

さっそく食したそれは、豆腐のまろやかな甘みとスミレの葉の癖のない食感が合わさり、日鞠の喉をするりと通っていった。

美味しい。温かな風がふわりと身体を包み込むような、春の味だ。

「すごいよ豆ちゃん。豆ちゃんがレストランを出せば、きっと行列のできるお豆腐レストランになるよ！」

「あー、確かに日鞠ちゃんの考えも一理あるかも。豆腐小僧の豆腐料理は、あやかし界隈でも評価が高いもんねえ」

「そ、そんなそんなっ、わたくしなどが飲食店の経営など、どだい不可能なお話ですので……！」

真っ赤に染まった豆腐小僧は、ぶるぶると高速で首を横に振る。

本気で言ってるんだけどな、と口にしようとしたとき、「おい」と短い声がテーブルに落ちた。

「お前の作った豆腐を、このカフェに卸すというのは可能か」

「……へ？」

「ランチプレートのサラダに、お前の作った豆腐を載せたい」

ぽかんと呆けた豆腐小僧の肩を、日鞠は慌てて叩いた。

「それ、とてもいいアイディアですね！　お豆腐はヘルシーで健康志向の女性にも好まれますし、きっと皆さん喜ばれると思います！」

「だねえ。今出されたこのサラダも、かなり美味しい」

いつの間にかサラダをペロリと平らげた類も、同意見のようだ。

「どうだ、豆腐小僧」

「……っ、つつっ」

「つ？」

「謹んで！　お受けさせていただきます……っ！」

屈託なく笑うわら笠の少年は、日が傾くまで店内を駆け回ったのだった。

日鞠が自室から廊下に出ると、隣の部屋のふすまがすっと開いた。

「あ、孝太朗さん」

「おう。お前か」

「はい。私です」

今宵（こよい）も日鞠と孝太朗は馴染（なじ）みのやりとりを交わす。

「孝太朗さんは、そろそろお休みですか」

「ああ、珍しく眠気がきたからな。お前も寝るのか」

「ええっと。私はもう少しだけ起きていようかと思います」

「珍しいな。いつも早寝のお前が」

言いながら、何かに気づいたように孝太朗が鼻をひくつかせる。

「絵の具の香りだな。もしかして、また絵を描いているのか」

「あっ、すみません。匂い、気になりますよね」

「いや。少し香る程度だ。気にしなくていい」

孝太朗の指摘どおり、日鞠は自室で絵の着色をしていた。

今手にしている筆洗い用のバケツも、その作業で使ったものだ。

「実は、森で描いた雨女さんと孝太朗さんの絵に、色を足していたんです。あのときはシャーペンでモノクロに仕上げましたが、どうしても色をつけたくなってしまって」

日鞠は自室から一枚の画用紙を持ってくる。

普段なら自作を見せようとしない日鞠だが、今は特別だ。

自分でも驚くほどうまく色を乗せることができ、気分が高揚していたのかもしれない。

「すげえな。よく描けてる」

「ありがとうございます。実は、近々この絵を雨女さんに贈りたいと思っているんです。雨を降らせてもらったことのお礼に」

雨女に白黒のこの絵を見せたとき、とても嬉しそうに笑ってくれた。

あのときは辺りの湿気が多くそのまま渡せなかったが、ファイルか額縁に入れて贈ろう。

もしかしたら、少しは打ち解けてくれるかもしれない。

「なんの画材で色をつけようか迷ったんですが、水彩絵の具にしたんです。柔らかく水で滲む風合いが、雨女さんの雰囲気にぴったりだと思って。雨女さんのあの可愛らしい笑顔！特にピンクに染まったほっぺたなんかは、やはり水彩一択と確信しました」

「……おお」

「改めて思ったんですが、雨女さんの着物の薄紅色と森の緑がとても柔らかく調和していましたね。雨女さんの綺麗な長い髪も、じっくり見ながら着色させてもらいたかったって、何度考えたかしれません」

「……」

「孝太朗さんの淹れた薬膳茶も、色をつけるとまた違って見えますよね。味や身体への優しさもそうですが、やっぱり目で楽しむのもこのカフェの薬膳茶の醍醐味だと思うんです。これを塗りながら、ぜひメニューの薬膳茶も色をつけて描いてみたいなあ、なんて」

「それなら、描いてみるか」

「はい！　それはもちろん……、へ？」

熱が入りすぎていた日鞠は、孝太朗の一言にハッとした。

意味がわからず首を傾げると、孝太朗は肩を揺らしていた。どうやら笑っているらしい。

「あのう、孝太朗さん？」

「……ああ、悪い。お前がそんなふうに夢中で語り出すの、悪くないと思ってな」

孝太朗はふう、と一息ついた。

「日鞠。お前、うちのカフェのメニューを絵に描き起こせるか」

「え」

「今のメニュー表だと、実物をイメージしづらいと類に指摘されていた。お前がその気なら、うちのメニュー表に使う絵を描いてほしい。もちろん、その分は給料に上乗せする」

「えええっ？」

予想外の提案に、日鞠は素っ頓狂な声を上げた。

カフェメニューの絵を描く。

それってつまりは、薬膳茶の絵を？　あんなに素敵なメニューの絵を、私が？

真っ直ぐ向けられた瞳に、咄嗟に答えが出てこない。

だってまさか、自分の絵がこんな形で認められるなんて考えもしなかったのだ。

「もちろん最終的にチェックするがな。やる気があるのかねえのか、返事」

「あります！　やらせてください……！」

日付が変わる時間帯だということも忘れ、日鞠は声を張る。

胸がぎゅっと締まって、苦しい。

それは不快なものではなく、溢れる喜びによるものだった。

「今日はもうきりのいいところで休め。お前は下手すると、朝まで無茶しそうだからな」

「う。はい、わかりました」

「それから」

言葉を区切ったあと、孝太朗は扉が開いたままの日鞠の部屋を指さした。

「窓辺に並んでるあの坊主たちも、そろそろ逆さ吊りは勘弁してやれ。もう充分使命は果たしてるからな」

「あ！」

慌てて後ろを振り返る。

豆腐小僧に相談された翌日から、密かに作っていた「るてるて坊主」。

日鞠の部屋の窓辺で、いまだに珍妙な列を作ったままになっていた。

「まさか、本当に作っていたとはな」

見られた！　こんな子どもっぽいものを！

「す、すみません。どんなに考えても、私にはこんな方法しか浮かばなくて」

「必要がないときは謝るな」

ふわり、と。

日鞠の頭上に温かな感触が下りてくる。

振り返ると、思いのほか至近距離に孝太朗の顔があった。

「誰かのためにしたことだ。恥じる必要はねえだろ」

いつもより柔らかな目元は、眠気のせいだろうか。

小さなあくびを漏らし、頭を軽く叩いた孝太朗の手は離れていった。

「引き止めて悪かったな。おやすみ」

「はい……。おやすみなさい」

頭をかきながら、孝太朗は自室へ戻っていく。
残された日鞠はひとまず手にしたバケツを洗い、自室に戻った。
しかし心の内から溢れ出す喜びに、声にならない声を上げながら床に倒れ込む。
どうしよう。嬉しい。とてもとても嬉しい。
本棚に収めていた昔のスケッチブックが視界に入る。
夢心地のまま手を伸ばし、ページをぱらぱらとめくっていった。
まどろみの中、幼い自分が描いた豊かな森と川の絵が目に留まる。
街探しのために幾度も眺めたはずのページのひとつ。
改めて眺めた風景は、不思議と鮮やかな彩りが加わったように映った。

第三話　六月、茨木童子と栞の行方

北海道の春は、瞬く間に過ぎ去る。

そんな言葉を体感するような、六月の北海道。

春は一瞬で初夏に染まり、空や植物の色彩が一段と濃くなっていく。

「はあ……今日も暑いなあ」

眩しい日差しを手で遮るようにして、日鞠は駅に隣接する文化ホールを訪れた。

レンガ敷きの道を進み、自動ドアをくぐる。

円形の玄関ホールの天井は吹き抜けになっていて、頭上には美しいモールが揺れている。

右手にある扉に進むと、木製の本棚と柔らかな日差しに溢れる空間が広がった。北広島の図書館本館だ。

入り口から向かって右には絵本やベビールームがある児童コーナー、左には一般閲覧コーナーがあり、かなりの奥行きがある。

階段を上がった二階には、読書室、会議室、視聴用サロンなども併設されているようだ。

薬膳カフェ「おおかみ」に勤めはじめて、はや二ヶ月。最初はカフェのホール業をこなすので精一杯だったが、今はすっかり仕事が板についてきた。

もっと薬膳の知識をつけて、カフェやお客さんの役に立ちたい。

その探究心の背を押したのが、自宅兼カフェから徒歩二、三分の距離にあるこの図書館だった。

「あ。この薬膳の本、まだ見たことない気がする」

いつも巡回する本棚で、運よく新たな書籍を見つける。

目当ての本に手を伸ばすも、身長一五三センチの日鞠にはぎりぎり届かない高さだった。

辺りを見てみるも、踏み台らしきものは見当たらない。

「ぐ……もう少し……！」

「この本ですか」

横から伸びてきた白い手が、目当ての本を静かに引き抜く。

長く細い指に、絹のような肌。

手を見ただけで美人だと思わせる人物を、日鞠は初めて目にした。

「どうぞ」

「あ、ありがとうございます……っ」

差し出された本を、慌てて受け取る。

清廉な印象の白いシャツにパンツスーツ。ネームプレートが添えてあるえんじ色のエプロンは、この図書館職員の証しだ。

細いフレームの眼鏡の向こうにあるのは、宝石のように澄んだ瞳。

ストレートの黒髪は、首にかかるほどの長さで綺麗に揃えられている。

「アリスさん。先日届いた古書の件で確認のお電話です」

「わかりました。今行きます」

ぼうっと見とれる日鞠を尻目に、女性職員は会釈を残し呼ばれたほうへ向かう。

美人さんは後ろ姿まで美人なんだな、と日鞠は内心思った。


「あ、孝太朗さん」

「おう」

図書館前の広場で、駅方向から現れた孝太朗と鉢合わせる。

今日のカフェは十五時からの午後シフトのみで、二人はともに半休の日だった。

「孝太朗さんもお出掛けだったんですね。お買い物ですか」

「昨夜の汁物で味噌が切れたんでな。他の調味料も切れそうなのを買ってきた」

「わあ、わざわざありがとうございます！」

最近の二人は、朝と夜の食事を共同で用意することにしていた。朝は日鞠、夜は孝太朗の担当だ。

一人分を別に用意するよりも経済的かつ手間が少ない。そう言って提案した孝太朗に対し、日鞠はふたつ返事で了承した。

厨房担当である孝太朗のほうが料理上手なのは明らかで、毎夜漂う美味しそうな料理の香りが今では日鞠の密かな楽しみになっている。

「う。今日も暑いですね」

「そうだな」

建物の陰から出ると、再び強い日差しが照りつける。

東京の蒸し暑さほどではないが、すでに片鱗を見せつつある夏の気配に日鞠は苦笑した。

「そういえば、孝太朗さんっていつも長袖ですよね。最近は気温も上がって、日中は半袖一枚でもいいくらいなのに」

涼しい顔をして隣を歩く孝太朗に、日鞠はなんの気なしに口にする。

半袖に薄手のカーディガンを肩にかけている日鞠に対し、孝太朗は黒系の長袖の上衣を手首までしっかりと伸ばしていた。

「好み云々（うんぬん）の話じゃねえよ。類の奴に言われてな」

「え？　類さんがどうしてまた、そんなことを」

「こいつのせいだ」

孝太朗は左袖を無造作にまくり上げた。

目の前に現れた左肘に、日鞠の目が大きく見開く。

「この、傷跡は……？」

左肘に刻まれていたのは、何かに噛まれたような凄まじい傷跡だった。

「ガキの頃、ヘマして錆びついた金具に引っかけた。痛みはもうねえが、傷跡は今でも消えねえ」

長いまつげが、孝太朗の目元に薄い影を落とす。

「大仰な傷跡がついてんだ。理由を勘ぐる奴もいる。できるだけ隠しとけって、ガキの頃に類の奴に忠告されたんだよ」

「そうだったんですね……」

さすが人の機微に聡（さと）い類だ。

その指摘はきっと、周囲の好奇心や悪意から孝太朗を守ってきたに違いない。

幼馴染（おさななじ）みを思いやる類の優しさに、日鞠は心から感謝した。

「もう、痛くないんですね」

「時々痒くなるくらいだな」

「……触ってもいいですか？」

ぽつりと告げた日鞠の言葉に、孝太朗は一瞬の間のあと無言で左腕を差し出す。

傷跡に日鞠の指が触れた。

周りの皮膚と比べて、ほんの僅かに体温が低い。

それでも見た目に比べて違和感なく滑る指に、日鞠は詰めていた息をそっと吐き出した。

「もう大丈夫なんですね。よかった」

「だから、そう言って」

「よかった。本当に……」

なぜだろう。語尾が震える。

顔を上げると想像より近くで孝太朗と目が合い、心音が大きく鳴った。

「す、すみません。いつまでも触って不躾でしたよね……、あ！」

咄嗟に手を離した瞬間、ショルダーバッグが肩からずり落ちる。

弾みで中に仕舞っていたスマートフォンが、近くの植木の根本まで滑り落ちてしまった。

慌てて拾い上げると、そこにはどこか見覚えのある葉っぱが揺れている。

「これってもしかして、ヨモギの葉っぱですか？」

「ああ。そうだな」

「わあ、やっぱり！」

見つけたのは特段野草に詳しくない日鞠でも知っている、ヨモギの葉だった。

爽やかな淡い緑色の葉は切り込みが多く、先端は優しい丸みを帯びている。

「ヨモギといえばやっぱり草団子とか草餅ですね。香りをかいでいるだけで思い浮かんじゃいます」

「……魔法の薬草」

「え？」

孝太朗の口からこぼれた言葉に、日鞠は首を傾げる。

そんな日鞠の様子を見た孝太朗は、ほんの僅かに目を見張った。

「魔法の薬草って、このヨモギのことですか？」

「……いや。なんでもねえよ」

短く答えた孝太朗が、日鞠の隣にそっと身を屈めた。

「ヨモギは古くから世界中で活用されている。料理や治療、まじないなんかにも用いられてきた、万能の野草だな」

「世界中ですか。ヨモギって、てっきり日本特有の野草だと思ってました」

「そりゃお前の持つヨモギのイメージが、草団子や草餅だからだろ」

ぐ。図星だったため、反論できない。

「団子や餅だけじゃない。葉を煎じた茶も美味いし、煮出し湯を加えればヨモギ風呂にもなる」

「相変わらず孝太朗さんはよくご存じですね」

「ご存じついでにもうひとつだ。ヨモギの裏面に細かな白い毛があるだろう」

「あ。本当ですね」

ヨモギの葉をめくると、白い産毛のようなものが生えている。

「ヨモギに似た毒草にトリカブトがある。この繊毛の有無が見分ける方法のひとつだから、覚えておくといい」

「トリカブト……わ、わかりました！」

「野草の活用は自己責任だからな」

流暢に説明を終えた孝太朗に、改めて尊敬の念を抱く。

さすが野草好きの薬膳カフェ店長だ。

「孝太朗さんと一緒にいると、野草のことを本当にたくさん知れますね。私まで博識になったみたいで、嬉しいです」

「……そうか」

言葉少なに答えた孝太朗が、静かに立ち上がる。

同様に立ち上がったものの、殻にこもったような孝太朗の面差(おもざ)しからは何も読み取ることはできなかった。

一体どうしたんだろう。日鞠はぐるぐると考えを巡らせる。

「もしかして、私があんまり無知なことに呆(あき)れちゃいましたか」

「は？」

孝太朗の目が見開いた。

「薬膳(やくぜん)カフェに勤務している者として、まだまだ知識不足ですよね。反省します」

「いや。お前が反省する必要はねえよ。それに野草の話をするのは嫌いじゃない。前にも言っただろう」

「でも」

それならどうして、そんなに苦しそうな表情をしているんですか。

直球にそう問えるわけもなく、理由を探し当てられない自分がもどかしい。

そんな日鞠の感情を察したのか、孝太朗はふっと口元を緩めた。

「お前は本当に、優しい奴だな」

「っ……」

不意打ちの微笑みに、胸の鼓動が騒ぐ。

蜃気楼のような、とても曖昧な記憶。この控えめな笑顔、前にも見たことがある気がする。

ずっとずっと昔、どこかで――

「こ・う・ちゃーん！」

空気を裂いたのは、耳馴染みのある明るい声だった。

「そんなとこで何突っ立ってんのー……って、あららら。ごめん、マジでごめん」

駅方面から姿を見せた類に、孝太朗は表情を変えずに振り返る。

頬を色づかせた日鞠の姿を、背中でそっと隠しながら。

時刻は十五時。

午後シフトから入った薬膳カフェ「おおかみ」は、今までで一番居心地が悪かった。

「孝太朗ってばごめんってー。お前の無駄にでかい図体に隠れて、日鞠ちゃんが見えなかったんだよー」

開店直後の店内には、客の姿はまだない。

それをいいことに、類はカウンターに顎をのせながらわざとらしく弁明を続けていた。

「あんな広場のど真ん中に幼馴染みがいたら、誰だって声をかけるでしょ？　まさか女の子を口説いてる真っ最中だなんて、さすがの俺も気づかなくてさー」

厨房の孝太朗は顔色ひとつ変えない。

顔色を変えているのは、間接的にやりとりを聞いている日鞠のほうだ。

「あのですね類さん。あれは世間話をしていただけで、決して口説かれていたわけでは……」

「え。あんな慈愛に満ちた笑みを浮かべて女の子と世間話？　孝太朗が？　俺じゃあるまいし、そんなことある？」

ついに自分の軽薄さまで引き合いに出してきた。

女性関係に奔放な類と、それを窘める孝太朗。

いつもと立場が逆転していることがよほど面白いらしい。

早く誰か来てほしい。その願いが通じたのか、店の扉がゆっくり開いた。

「いらっしゃいませ。どうぞお好きな席にお座りください」

待望の来客に笑顔を向けた日鞠は、小さく息を呑んだ。

真っ先に目を惹くのは、漆黒のワンピース。

細部に白のレースがあしらわれ、編み上がりのリボンが身体のラインにぴたりと添っている。ボリュームのあるスカートは膝丈で、そこから伸びる黒のハイソックスは、足の細さを際立たせていた。

そして何よりも、シルバーの長い髪。

厚めに揃えられた前髪に、ふたつくくりにされた銀髪は豊かな縦ロールを象っている。

フランス人形みたいだ、と日鞠は思った。

「注文、いいですか」

「はい。おうかがいします」

流暢な日本語。彼女は日本人らしい。髪はどうやらウィッグのようだ。

彼女が選んだ薬膳茶は、パソコンと向かい合う時間が多い人向けのブレンドだった。

傍らに置かれた書籍が目に留まる。もしかすると、パソコンや読書で日頃から目がお疲れなのかもしれない。

近づいて見えた瞳もまた、宝石のように澄んでいて美しかった。

「オーダー入りました。八番のグリーンティーです」

「クコの実の注意点はお伝えしたか」

「はい。妊娠中と授乳中は念のため避けるべきことは説明済みです」

「よし」

納得したように頷くと、孝太朗は慣れた手つきで薬膳茶を作りはじめた。

急須に茶葉を入れ、湯冷ましで冷ましたお湯をゆっくり注ぐ。茶葉が開くまでの間ポットに用意するのは、クコの実と菊の花、すりおろしたリンゴだ。

最後に急須の緑茶をポットへ注ぐと、クコの実と菊の花がぷかりと浮かび上がり、緑茶の芳醇な香りとリンゴの甘い香りがほのかに広がった。

相変わらず、孝太朗が淹れる薬膳茶は目を奪われるほど素敵だ。

「お待たせいたしました。キクとクコの実とリンゴのグリーンティーでございます」

配膳には、類が出た。

テーブルに置かれた薬膳茶に、女性の瞳が微かに和んだ気がする。

「お客さん、綺麗な方ですね。思わず見とれてしまいました」

声量を抑え、類が女性に囁く。

何度か耳にしたことがある台詞に、厨房に残った日鞠と孝太朗は無言で視線を交わした。

また始まったようだ。類の悪い癖が。

「これ、サービスの黒糖飴です。花の形が可愛いと好評なんですよ」

内緒話をするように差し出したのは、薄桃色の包みにくるまれた桜形の黒糖飴。類が女性客の心をほだす、十八番の戦術だ。

罪作りなイケメンめ。日鞠が心の中で呟いた、そのときだった。

「ありがとうございます。でも結構です」

凛とした返答に、店内の時が一瞬止まった。

「人の懐に入るのがお上手な方ですね。まるで狐が化かそうとしているみたい」

日鞠の心臓がどきっと鳴る。

まさかあの人、類さんの正体に気づいている？

思わず孝太朗に問いかけの視線を送るも、返った答えは否だった。

ただ純粋に、感じたことを口にしたのだろうか。それはそれで恐ろしいほどの観察眼だ。

少しの間のあと、沈黙を破ったのは類のほうだった。

「まいったなあ。ここまでの防御にあったのは初めてだ。いつもはみんな喜んでくれるんだけどな」

どうやら猫かぶりをやめたようだ。猫じゃなくて狐だけど。

「気分を害されたのなら謝罪します。この格好だと戯れの対象にされることも少なくないので、そういうからかいには慣れてるんです」

「あ、でも見とれたというのはリップサービスじゃないよ。その服も髪も、すごくよく似合ってると思う」

「ありがとうございます。読みたい本があるので、お話はこれで」

一刀両断。

清々しいほどばっさりと拒絶された類は、笑顔を崩すことなく「ごゆっくりどうぞ」と頭を下げた。

「ああ、それから」

取りつく島のなかった女性が、唐突に言葉を継いだ。

「このお店のメニュー表は、どこかに発注されたんですか」

……え。

思いがけない話題に、日鞠はぱっと顔を上げた。

女性の手元には、各テーブルに置かれたメニュー表がある。

それは一週間前にようやく店舗に置かれることになった、日鞠自作の新しいメニュー表だった。

「可愛いメニュー表でしょ。デザインやイラストは、すべて向こうの彼女が描いたんだよ」

「る、類さんっ？」

慌てて声を上げると、女性の澄んだ眼差しがこちらを捉えた。

「素敵なイラストですね。出てきた薬膳茶も絵と同様とても素敵で、驚きました」

「あ、ありがとうございます……！」

女性は、にこりとも笑ってはいない。

しかし、だからこそ本心から好感を持ってくれているのだとわかった。

どうしよう。嬉しい。とてもとても嬉しい。

いつの間にか熱くなった頬を隠すように、日鞠はぺこりと頭を下げる。

類はというと、厨房から出てきた孝太朗によって、店の奥に引きずられていった。

カフェの扉にCLOSEの札がかかった、十八時。

「お前は金輪際、女性への接客をするな」

窓のロールカーテンを下ろす日鞠の耳に、孝太朗の低い声が届いた。

「そんな横暴な。この店の大半は女性客でしょ。全部の接客を日鞠ちゃんに押しつけるつもり？」

「自分の非を棚に上げてんじゃねえよクソ狐！」

予想どおり、開店直後の銀髪美女への接客について説教されているらしい。

二人のやりとりに苦笑しながら、日鞠はせっせと閉店準備を進めていた。

「まーまー。これからはちゃんと気をつけるからさ。それに、孝太朗の無愛想さと俺の愛嬌を足して二で割れば、この店にはちょうどいい塩梅になるじゃない。これでも一応意識してるんだよ？　俺も」

「お前の軽薄さと足されるなんざ、死んでも御免だな」

「それにほら。日鞠ちゃん作のメニュー表も褒めてくれたしさ。きっとまた来てくれるよ。ね、日鞠ちゃん？」

「ふふ。そうだといいなあって思います」

話を振られ、日鞠の口元に笑みが浮かぶ。

彼女から賜ったお褒めの言葉は、しばらく日鞠の心のお守りだ。

「ほらほら。日鞠ちゃんのこの可愛い笑顔に免じて、今日のお小言はもう終わりねっ」

「てめえは……」

語尾にハートマークを付ける勢いで言う類に、再び孝太朗のこめかみに青筋が入る。

「それから、真面目な報告をひとつ」

続いた類の声色は、先ほどのふざけたものとは打って変わっていた。

「例の美人さんから、かいだことのあるあやかしの匂いがした。薬膳茶を運んだとき、微かにね」

思いがけない言葉に、日鞠は目を見開いた。

「それはつまり、さっきの女性が実はあやかしだったということですか？」

「ううん違うよ。あの人はれっきとした人間だ。匂いの元はあんな綺麗な女性じゃなくて……」

「へえ。ご無沙汰してるうちに、こんなちっこい女を引き込んでたのか」


勝ち気な男の声。

夏の疾風を思わせる香りとともに、店の扉がバンと開け放たれた。

「きゃっ⁉」

「来たね」

「お出ましか」

孝太朗と類はすぐに状況を把握したらしい。

次の瞬間、カフェ中央に現れたのは、あぐらをかいたまま宙に浮かぶ、逞しく剛健な男の姿だった。

見た目は、孝太朗たちと同じ三十歳前後に見える。

豪華な模様が施された着物は着崩され、片側のみ腕が通されていた。

裾から覗く上半身は、両肩と脛(すね)についた大仰な鎧(よろい)に劣らないほど鍛(きた)え抜かれている。

にやりと笑う口元から見え隠れする牙のような歯に、意志の強そうな眉。後ろで細く束ねられている、紅色(くれない)の髪。

そして何より、頭から伸びている、強い存在感を放つ二本の角。

男がゆっくりまぶたを開けると、見る者を一瞬で畏怖(いふ)させる金の瞳があった。

「久しぶりだな。またここに厄介になるぜ」

「っ……」

対峙(たいじ)しただけでわかる。

溢(あふ)れるほどの妖気をまとっている——あやかしだ。

にやりと笑った男は、孝太朗、類、日鞠の順に視線を走らせた。

「美味(うま)そうな女じゃねえか、その新入り。捕食対象か？　どっちの女だ？」

「ほ、捕食って……」

冗談の響きじゃない。本気だ。

金縛りにあったように動けない日鞠の前に、大きな金の目が迫る。

「お前、魂が妙な色をしてやがるな。さてさて、食らってみたらどんな味か……」

「下がれ、茨木童子」

地を這うような声とともに、ふたつの背中が立ち塞がった。

「この女は捕食対象でもどちらの女でもねえ。お前と一緒にしてんじゃねえぞ」

「容易く手を出さないでよね。俺らの大事な仕事仲間なんだから」

「孝太朗さん、類さん……」

「おーおー。二匹とも毛を逆立てちまってまあ」

くつくつ笑う男は、ふわりと身体を翻して床に着地した。

「暇つぶしの相手にはなりそうだな。この女、俺の姿もしっかり見えてるらしい」

「い、い、い……」

「い?」

「いらっしゃい、ませ?」

「はは！　いいねえ、案外肝が据わってやがる」

腹を抱えて笑う男に、日鞠を庇っていた二人がようやく警戒を解いた。

「俺あ、茨木童子ってもんだ。数年前からこの街に棲みついてる、大阪出身の鬼だな」

二人用ソファー席の中央にどっしり腰を据えた男は、不遜な態度で名乗った。

対面の二人席には孝太朗と日鞠、隣の席には類が着いている。

用意された白湯を口に含み、日鞠は残っていた緊張を密かに解いていた。

「それにしても大阪のご出身なんですか。お名前から、てっきり茨城県ご出身なのかと」

「そりゃ漢字が違う。俺の名の『いばらき』は茨の木と書く。県名のはあれだ、茨に城って書くだろ。あれ、違ったか？」

「それで合ってる。だがそれはどうでもいい。さっさと話を進めろ」

茨木童子は空を指で何度かなぞったあと、ちらりと孝太朗に話を振る。

「相変わらずの無愛想だなあ。また狼に噛みつかれるのは御免だし、話を進めるとするか。この店にさっき来た、黒装束で銀髪の女のことだ」

「やっぱりな。お前、今はあの客に憑いてんのか」

「……えっ、憑いてる⁉」

「仕方ねえだろ、波長が合っちまったんだからよ」

さも当然のように言い放つ鬼に、日鞠は泡を食ってしまう。

あの女性にこの茨木童子という鬼が憑いている。それに一体どんな意味があるのだろう。

「安心しろ、女。別に俺が憑いてることであの女――楠木有栖っていうんだがな。あれに不幸が降りかかるなんてことはねえ。俺がその気にならない限りはな」

話す内容はただただ不穏だが、にかっと笑う茨木童子の表情はまるで無邪気な少年だった。

それにしても、と日鞠は思った。

「有栖さん、ですか」

「どうした日鞠」

「あ、いえ。大したことじゃないんです」

短く問う孝太朗に、日鞠は首を横に振った。

つい最近その名を耳にした気がする。でも、一体どこでだろう。

あんなに美人な銀髪の女性、一度会ったら忘れるはずないのだが。

記憶を遡っていた日鞠だったが、まるで酒を呷るように白湯を飲み干した茨木童子にはっと目を見張った。

「本題だ。あの女の——有栖の栞を探し出してほしい」

茨木童子の話によると、こうだ。

楠木有栖は現在二十六歳、図書館勤務。

三度の飯より読書が好き。典型的な本の虫である。

そんな彼女は最近、大切なものを紛失した。

引退した先輩職員から最後に贈られた、手作りの栞だ。

「表情に出ねえ分厄介だが、あいつの悩みは思いのほか深い。結果として、俺みたいな鬼を引き寄せちまったってわけだな」

ソファーにふんぞりかえる茨木童子の話に、日鞠は小さく眉を寄せる。

お世話になった人から贈られた、大切なプレゼント。それをなくしてしまった心痛は、想像に難くない。

「で？」

隣に腰かけていた孝太朗が、閉じていたまぶたをすっと開いた。

「わざわざ俺たちに、そのことを報告しに来たということは」

「ああ、いつもの『徳積み』だ。今回で四十三回目。つまりあと残り……いくらだ？」

「……百から四十三引いたら五十七だ。そろそろ算術くらい身につけろ」

徳積みということはつまり、善行を重ねているということか。

でも、曲がりなりにも鬼の彼が、なぜそんな殊勝なことを？

「この茨木童子はね。この街で一度、派手な悪行を働いたんだ」

日鞠の困惑を察した類から告げられたのは、いかにも鬼らしい過去の出来事だった。

「そのとき、この孝太朗にこっぴどくシメられてねー。条件達成までの間、この鬼は監視も兼ねてこの街に閉じ込められたってわけ」

「と、閉じ込められた？」

「あー。おかげでこっちは時間と力を持て余してよー。暇に殺されそうになってんぜ」

「四の五の言うな茨木童子。条件を呑んだのはお前のほうだ」

悪行の償いとされた「条件」は、次のふたつだったそうだ。

ひとつめは、この街で二度と悪事を働かないこと。

ふたつめは、この街で百の徳積みをすること。

「そしてこの鬼が持ってくる『徳積み』のほとんどが、あやかしがらみのトラブルの報告ってわけ」

「え。それじゃあ、今回の栞の紛失も？」

あやかしが関わっている栞の紛失。

だからこそ、有栖一人では容易に見つからないということか。

「そういうこった。この街で起こるあやかしごとの芽を見つけ、報告する。それがひいては、人間サマの安全安心な生活に繋がる善行となる——ってな」

目を瞬かせる日鞠に、茨木童子の口がにっと笑みを象る。

「さて。あとはお前らの領分だ。こちとら優雅に高みの見物といくかな」

そう言い残すと、茨木童子は煙のように忽然と姿を消した。

茨木童子が現れた翌日。

カフェを臨時休業にした三人は、図書館へと赴(おもむ)いた。

平日午前の館内はさほど混んでいないが、利用者の姿もいくらか見られる。

「久しぶりに来たけど、相変わらずでっかい施設だねえ」

「しー。類さん、図書館内は私語禁止ですよ」

「下手に騒ぐなよ、類。お前は悪目立ちするからな」

辛辣(しんらつ)な突っ込みを入れる孝太朗に、あなたもですよ、と日鞠は内心苦笑する。

白いTシャツに若草色の五分丈カットソーを重ねた爽(さわ)やかスタイルの類と、黒いシャツにブラックジーンズというモノトーンスタイルの孝太朗。

タイプの異なる長身の男が二人並べば、嫌でも周囲の目を惹く。

いずれにしても、できる限り静かに調査するのが望ましいだろう。

茨木童子の話によれば、有栖が栞(しおり)をなくしたのは職場であるこの図書館。

さらに栞(しおり)は、どこぞの書籍の中に挟まれているというのだから厄介だ。

図書館職員の仕事は多岐にわたる。

膨大な蔵書の貸出返却業務。管理、整頓。予約が入った蔵書の配送手続き。

日々山のような書籍に触れる中で、栞(しおり)は一体どこにいってしまったのか。

「さて。今日は例によって下調べだね。俺は管狐を飛ばしがてら、館内をぐるっと調べてみるよ」

言いながら、類はさっそく指で輪を描いた。

ふっと吹きかけた息から生成されたのは、白く長い胴を持つ管狐だ。

管ちゃんは相変わらず可愛い。癒(い)やしだ。

「孝太朗と日鞠ちゃんは、茨木童子の情報を基に怪しい書架の本の中を調べてみて。それで運よく見つかれば、この案件は一件落着だ」

「そうなるといいですね。わかりました」

「行くぞ」

孝太朗の背中を追い、日鞠は一人気合いを入れた。

調査開始から一時間。

書架から書籍を複数持ち出し、手近なテーブルで中の全ページを確認。

終えたら二度手間にならないように書籍名を記録。

単純に思えたこの作業は、やってみると想像以上に骨が折れた。

文庫サイズ、新書サイズの書籍は、内部の確認作業はさほど難しくない。

しかし単行本サイズはもとより、それ以上の大きさとなると、一冊の確認にもなかなか時間が取られた。

ここにもなかったな。

パタンと閉じた表紙を見ながら、傍(かたわ)らのノートに書籍名を記載する。

「孝太朗さん……は、書架のほうかな」

隣で同じ作業をしていたが、今は姿がない。

テーブルに持ってきた蔵書を抱え、日鞠も席を立った。向かった先には、予想どおり孝太朗の姿がある。

「あれ」

しかし、予想していなかった人物もそこにいた。孝太朗の腰ほどの背丈の女の子だ。

孝太朗は普段どおり、愛想がない。

そんな長身の男に向かい合う少女は、横顔でもわかるほどに硬直していた。

「ああ。孝太朗さん、こんなところにいたんですね？」

咄嗟(とっさ)に出した明るい声に、孝太朗と少女が振り返る。

「この可愛い女の子、どうしたんですか。孝太朗さんの知り合いの子？」

「……今、俺の足にぶつかってきてな」

なるほど。

状況を理解した日鞠は、笑顔のままゆっくりと屈(かが)んだ。

「あなた、痛いところはない？　大丈夫？」

「いたくは、ない……」

「よかった。……もしかして、このお兄さんに『ごめんなさい』って言いたかったのかな？」

日鞠の指摘に女の子はこくりと頷(うなず)いた。

恐らく見知らぬ人にぶつかってしまい、咄嗟(とっさ)に謝ろうとしたのだろう。

ところが見上げた先にいたのは無愛想な狼——ではなく、長身の男だった。

孝太朗には申し訳ないが、萎縮(いしゅく)してしまってても不思議はない。

「おにいさん。ぶつかって、ごめんなさい」

「別に、気にしてねえよ」

「よかったね。でもこれからは気をつけよう。あなたもケガをしたらいけないからね」

「うんっ」

ようやく笑顔を見せてくれた女の子は、手を振りカウンターのほうへ駆けていった。

母親らしき人物と合流したのを確認し、日鞠もほっと息を吐く。

「悪いな。助かった」

「いいえ。大したことはしてませんから」

立ち上がった日鞠は、首を横に振った。

「それにしても、孝太朗さんって子どもが苦手だったんですね。少し意外でした」

「別に俺がガキを苦手なわけじゃねえ。向こうが俺を苦手なだけだ」

そう告げる横顔は、どこか拗(す)ねたように見える。

孝太朗さんにもこんな一面があるんだ、と日鞠は内心にんまりした。

「もう少し時間があるな。もう一棚確認していくか」

「はい」

これからも、この人の色んな表情を見られたらいいな。

密(ひそ)かな思いを胸に、日鞠は新たな蔵書に手を伸ばした。

作業開始から二時間。

日鞠と孝太朗はともに待ち合わせ場所の入り口カウンター前に移動した。

「書架のほうでは問題の栞(しおり)は見つからなかったかー。まあ、図書館の本は溢(あふ)れるくらいあるからねえ」

類のほうでも、めぼしい手がかりは掴めなかったらしい。

時刻は正午を過ぎ、一度図書館をあとにすることになった。

「昼飯時だな。日鞠、何か食いたいもんはあるか」

「私はなんでも。孝太朗さんの作る料理はどれも本当に美味しいですから」

「その評価はありがてえが、なんでもいいが一番厄介だ」

「それなら類さんにも聞いて……、あれ？　類さん？」

玄関ホールを出ようとした二人は、類の姿が見えないことに気づく。

慌てて中へ引き返した日鞠は、奥の廊下にふたつの人影を見た。

「あれは……類さんと、図書館職員さん？」

肩の長さに揃えた黒髪と、真っ直ぐな姿勢が美しい女性。

以前、日鞠に本を取ってくれた、眼鏡の美人職員だ。

その彼女に対し、類は何やら藍色の文様が入った巾着袋を差し出し話しかけていた。

またナンパだろうか、と日鞠は壁際に身を潜ませた。

「これ、もしお昼がまだだったら受け取ってほしいんだ」

「せっかくですが受け取れません。受け取る理由がありませんから」

「理由ならあるよ。昨日カフェに来てくれたとき、大切な読書の時間を邪魔しちゃったからね。これは、そのお詫びの印」

　愛嬌たっぷりにそう告げる類に、美人職員は眉を寄せる。

　何を企んでいるのかわからない、といった表情だろう。

　昨日来店。読書の時間。お詫びの印。

　類が口にした言葉が、パズルのピースのようにはまっていく。

　そこまで考えて、日鞠ははっと息を呑んだ。

　今類の前にいる図書館職員の横顔と、昨日カフェに来店した銀髪美人の「有栖さん」の横顔。

　その美しい容姿が日鞠の中でゆっくりと重なり、一致したのだ。

「孝太朗さん。あの女性職員さんって、まさか……」

「『有栖さん』だな。身なりが随分と違って、一瞬わからなかったが」

　その証拠に、と孝太朗が彼女に向けて小さく顎をしゃくる。

　すると有栖の背後から、ふわりと宙に浮く剛健な鬼の姿が浮かび上がった。

　茨木童子だ。

　ぎょっとする日鞠をよそに、類は手元の巾着を開き、中に入っていたお弁当箱のふたを開けた。

有栖の頭上でにやつく鬼の存在には類も気づいているはずだが、ここは無視するつもりらしい。

「これは……お稲荷さんですか」

「うん。正解」

向けられたお弁当箱の中身に、有栖は小さく目を見開く。

「昨日見知ったばかりの男がなんでと思うだろうけれど、本当にただのお詫びの印。もちろん、口に合わなければ捨ててもいいよ」

目元を優しくした類が、再度有栖に巾着袋を差し出す。

「味は保証するけどね。酢飯の代わりに、色んな具材のおこわが入ってるんだ。唯一他人様にも食べてもらえると自負してる、俺の得意料理。狐さんらしいセレクトでしょ」

「……本当ですね」

有栖の顔には、相変わらず笑みはない。しかしその声色に、微かな柔らかさが滲む。

差し出された巾着袋は、無事相手の手に渡ることとなった。

黒のストレートヘアに、えんじ色のエプロンと眼鏡を身に着けた図書館職員。

毛先を巻いた銀のロングヘアに、ゴシック系の服を着た麗しの女性客。

この二人が同一人物だったなんて、まったくもって気づかなかった。

「類さん、さっきの図書館職員さんが『有栖さん』だと、いつ気づいたんですか？」

昼ご飯の買い出し組として、日鞠と類は駅近くのスーパーを訪れていた。

ショッピングカートを押す類に、隣を歩く日鞠が尋ねる。

「んー。最初、図書館に入って割とすぐかな。彼女、カウンターの奥の部屋で仕事をしてたからね」

「すごい、そんなにすぐですか？」

「狐の本業は化(ば)けることだからねー。人の本質を見破るのは俺の専売特許ってところかな」

ふふんと自慢げに語る類を、素直に尊敬してしまう。

「私は正直、人の顔を覚えるのが苦手なんですよね。それこそ昔暮らしていたこの街のことも、覚えていなかったくらいですから」

手元に残していたスケッチブックがなければ、この街の駅で降り立つこともできなかっただろう。

かけがえのない時間だったはずなのに。自分の薄情さに、情けない苦笑が滲(にじ)む。

「忘れたなら、また思い出せばいいじゃない」

さらりと告げられた言葉に、日鞠は顔を上げた。

「少なくとも、俺は日鞠ちゃんがこの街に戻ってきてくれたことを嬉しいと思ってるよ。もちろん、孝太朗もね」

「ふふ。ありがとうございます」

「いえいえ。やっぱり可愛い子には笑っていてもらいたいのが、男の性だからさ」

「……さっきのお稲荷さんも、それが理由ですか？」

類が薄茶色の瞳をぱちりと瞬かせる。

日鞠の思い違いでなければ、有栖に向ける類の眼差しは、他の女性に向けるそれと違って見えた。どこが違ったかと言われれば、うまく説明ができないのだが。

「はは。気になった？　心配しなくても、お客さんにこれ以上手を出すつもりはないよ」

「いえ。そういう心配をしてるんじゃなくて」

「ああいう心の綺麗な人は、血の通った真っ当な人と幸せになるべきだからね」

相槌は打てなかった。

どう解釈すべきかわからずにいると、いつもの人懐こい笑顔が向けられる。

「よーし。買い物はこれで全部かな？」

「え、あ、はい」

「類さんの予想だと、一番奥のレジが一番早い！」

類は買い物メモを確認し、意気揚々とレジ列に並ぶ。

狐の本業は化けること。

それなら今自分に見せてくれている類の笑顔は、本心からの笑顔なのだろうか。自分自身に釘を刺すような、今の言葉も？

結局気の利いた言葉も浮かばないまま、日鞠は類の背中を追うほかなかった。


翌日。午後シフトの日だったため、日鞠は一人、図書館を訪れた。

「おー、女。時間があるなら付き合え。いいもんを見せてやる」

すると入館直後に、宙であぐらをかく茨木童子と鉢合わせし、誘われるままあとをついていく。

辿り着いたのは、二階の休憩コーナーだった。

図書館内とは異なり、人気はほぼない。

そっと顔を覗かせると、白いテーブル席にお弁当を広げる有栖の姿があるのみだった。

背筋をぴんと伸ばし、料理をつまむ箸の所作はまるで絵のように美しい。

お弁当の横には、文庫本も置いてあった。

「有栖さん、本当に読書が好きなんですね」

「あー。いつも隙あらばすぐに本を広げてんぜ。何がそんな楽しいのかね」

「ふふ。茨木童子さんのことを語り継いだ本も、きっとあると思いますよ？」

茨木童子。

一説によれば、生まれつき腕力が人並み外れて強かった、元人間らしい。

その強さゆえか、鬼に変貌して以降、酒呑童子という鬼の配下になった。

頼光四天王の一人、渡辺綱に腕を斬られたとする伝承もあるという。

「へえ。酒呑童子様についても知ってんのか。なかなか優秀じゃねーか、女」

「それもすべて書物から見知ったことです。それだけ本には、未知の世界と膨大な知識が眠っているんですよ」

「なるほどなあ。それじゃあ……」

言葉を区切ったあと、茨木童子の顔が日鞠の眼前まで迫った。

突然のことに、咄嗟に身を引くこともできない。

「あいつのことは、お前もとうに知ってんのか？」

「へ？」

あいつって、一体誰のことだ。

大きく後ずさりをした日鞠は、足がもつれて盛大に尻もちをついた。

「いっ、たたた！」

「はあ。その様子じゃあ知らねえようだな。下手に口にしなくて正解だったわ」

「あの、あいつっていうのは誰のことを言って……」

「大丈夫ですか」

「……」

「おら。大丈夫ですか、だってよ」

ニヤニヤと親指で後ろを示す茨木童子。

ゆっくり振り返ると、こちらをじっと見つめる有栖の姿があった。

「す、すすす、すみません！　お食事の最中にお騒がせしてっ」

「結構ですよ。もう食べ終わりましたし、あとは少し本を読むだけですから」

「……あ」

まずい。このままでは、彼女は本の世界に行ってしまう。

彼女をただ観察していても、問題の栞(しおり)には辿(たど)り着かない。日鞠は咄嗟(とっさ)に口を開いた。

「あの！　有栖さん！」

「はい？」

澄んだ瞳に日鞠の姿が映る。何か会話を。何か何か何か。

「し、し、し、……栞をなくしたっていうのは本当ですか⁉」

なんのひねりもない、直球の問いかけ。

休憩コーナーに大声の余韻が残る中、背後の鬼が噴き出す気配がした。


もう終わりだと思った。

しかし、有栖の反応は意外なものだった。

日鞠のしどろもどろな自己紹介にも応じてくれ、隣の席に座るよう促してくれたのだ。

「私がなくした栞は、引退した先輩職員からもらったものなんです。その方は年配の女性だったんですが、新人の私にとてもよくしてくださって、心から尊敬していました」

贈られたのは、レース編みの施された手作りの栞だったという。

有栖の名にちなんで、童話『不思議の国のアリス』を思わせる女の子の刺繍がされていたらしい。

有栖は、それを仕事中のお守りとしていつも大切に持ち歩いていたのだ。

「それなのに、せっかく贈られた栞をこうもあっさりなくしてしまうとは思いませんでした」

長いまつげが、愁いを帯びた目元に影を作る。

「思いつく限りの場所は探したんです。なくした日に蔵書整理をしていた書架も、作業をしていた資料室も、もちろん自分の鞄の中も。もしかしたら蔵書に紛れてしまって、すでにどなたかの手に渡っているのかもしれませんね」

「……大丈夫です。きっときっと、戻ってきますよ」

静かに答えた日鞠に、有栖が顔を上げた。

有栖にとっての栞は、日鞠にとってのスケッチブックと同じだ。

なくしたら最後、自分の心にぽっかりと穴が開く。

引ったくりで危うく失いかけた日鞠のスケッチブックは、孝太朗が取り返してくれた。

今度は自分が、有栖の栞を取り返したい。

「本当に、素敵な人ですね」

凪のように穏やかな声で告げられ、日鞠は目を見開く。

「カフェでお会いしたときも思いました。一生懸命で可愛らしい方だなあって」

「え……カフェでのこと、覚えてらっしゃったんですか？」

「はい。日鞠さんも、私が来店したときのことを覚えてらっしゃるんですね」

しまった。墓穴を掘った。

今まであえて、有栖の来店については言及していなかったのに。

「私があの日の客だったと知って、驚いたでしょう」

「ええっと。す、少しだけ」

「皆さんそうです。どうも職場とプライベートの格好の落差が大きいようで。あの人には、あっさり見破られてしまいましたけどね」

あの人。類のことだろうか。

「どちらの姿の私も、私なんですけどね。中身は何も変わらない、本を読むことにしか興味のない、面白みのない私」

有栖の口から漏れる言葉は、恐らく初めて紡がれた言葉ではない。

こんなに美しい人から出た自虐の言葉に、日鞠は返答に窮した。

「私は、綺麗で知的な有栖さんに憧れますよ……？」

「同じですね。私も日鞠さんの一生懸命で可愛らしいところに憧れます」

ほんの一瞬浮かんだ有栖の微笑みに、日鞠は胸が苦しくなった。

その儚さは、決して日鞠を寄せつけまいとする透明の壁に見えた。

「で。どうしてまだ私のそばにいるんですか、茨木童子さん」

周囲に人目がないのを確認したのち、日鞠は声を潜めて尋ねる。

図書館での調査を続ける日鞠に対し、茨木童子は高く積まれた本の横であくびをしていた。ちなみに腰を下ろしているのはテーブルの上だ。さすが鬼。お行儀が悪い。

「お前もさっきから、よく飽きねえで本をパラパラめくってんなあ。眠くならねえのか」

「あなたが持ってきた案件でしょ。暇なら茨木童子さんもぜひ手伝ってください」

「嫌だね。俺はそういう細々(こまごま)した作業は好かねえの。だからお前らに押しつけたんだろうが」

ふんぞり返る茨木童子を見つめながら、日鞠は小さく首を傾(かし)げた。

類の話では、茨木童子は仕事の情報を持ってきはするものの、いつも最低限の情報しか渡さないらしい。

そうやって解決を遅らせて面白がって、日頃の憂(う)さを晴らしているのだと。

しかし、今回は珍しく的確な情報を多く伝えてきているようだ。

先ほど日鞠と有栖を引き合わせたことといい、茨木童子自身、早い解決を望んでいるように思えた。

「それはそうと。お前、この街に越してからもう長いのか？」

「唐突な質問ですね」

日鞠は首を横に振った。

「この街に越してきたのは四月なので、まだ二ヶ月ほどです。五歳の頃までこの街で育ったんですが、街もすっかり様変わりしていて驚きました」

「五歳の頃ねえ」

そう呟いた茨木童子は、眉を寄せて首を傾げた。

「茨木童子さん?」

「お前の魂の色、やっぱ見覚えがある」

「へ?」

「俺あ、学はねえが記憶力はいい。そんなヘンテコな色、忘れるわけないいんだがなあ」

茨木童子は相手の魂の色が見えるらしい。

その色は一生涯変わらないものではないらしいが、生まれつきの色彩の多くはそのままであり続けるという。

「それじゃあ、最近街中で私を見かけたんでしょうかね。私が幼いときに見かけたのを茨木童子さんが覚えていたのなら、本当にすごいですけれど」

「阿呆か。ただ通りかかっただけの奴の色まで覚えてるほど、俺は暇じゃねえわ」

「それは……つまりどういうことですか?」

「それがわからねーんだよ」

釈然としない顔をしていた茨木童子だったが、「まあいい」と鋭い歯を覗かせ、笑みを浮かべた。

「なんにしても、お前のそのヘンテコな色は存外心地がいいぜ。あの狼野郎も構いたくなるわけだな」

「孝太朗さんは親切なだけですよ。行く当てのない私を助けてくれて、たくさんお世話になってるんですから」

第一印象こそ確かに無愛想だったが、寝食をともにすればおのずと真の人となりが見えてくる。孝太朗は人一倍優しく、世話焼きな心の持ち主なのだと。

「あの男が親切ねえ」

「そうですよ。それに作る料理はとても美味しいですし、野草の知識も驚くほど豊富ですし」

「お前。あの狼に惚れてんのか」

「……は？」

気づけば大きな金の目が、真っ直ぐに日鞠を見据えていた。

あまりの眼力の強さに、瞬きを忘れてしまう。

というか今、なんて言われた？

「……っ、ほ、惚れ、惚れてるなんてっ」

「あれはやめとけ」

「え」

「特別に忠告してやるわ。お前は面白え奴だからな」

にかっと笑みを浮かべた茨木童子は、ごろりと横になった。もちろんテーブルの上だ。

それに苦言を呈することもなく、日鞠は今の会話を反芻していた。

惚れてんのか。あれはやめとけ。

「……、そんなんじゃ、ありませんからっ」

そうだ。そんなんじゃない。

孝太朗さんは優しくて、世話を焼いてくれて、頼りになって。

でも、それだけだ。

そっと息を吐き、目の前の書籍に再び視線を落とす。

しかしその後の作業に集中するまでに、不思議なほど時間がかかった。

スマートフォンがアラームで震える。

作業に没頭していた日鞠は、はっと我に返った。

カフェの午後シフトまでもう少しだ。そろそろ戻らないといけない。

今日も調査の成果はあがらなかった。

ふと、この図書館を探しても無駄なのかもしれないという考えが浮かんでくる。

この図書館にないのだとしたら、栞の挟まった本が誰かに貸し出されているか、本の中ではなく、どこか別の場所に落ちているのか。

それこそ、誰かが故意に持っていった可能性も考えるべきなのかもしれない。

「栞が本の中にあるのは、間違いねえよ」

剛毅な鬼には似合わない、静かな声色だった。

いつの間にか目を覚ましていた茨木童子が、片膝を立てて窓の向こうを眺めている。

やっぱりだ、と日鞠は思った。

茨木童子は、栞を見つけてほしいと思っている。

「茨木童子さん。もしかして、栞がどこにあるのかご存じなんじゃありませんか」

「もう覚えちゃいねえよ。俺あ字が読めねえからな」

本に挟まった栞を見たことはあるが、どの本かは覚えていないということだろうか。

「それじゃあ、なんでもいいんです。何か手がかりになるようなことを覚えていませんか？　その本の大きさとか、厚みとかっ」

「さあて。どうだったかねえ」

「ちょ、茨木童子さん……！」

ふわりと身体を宙に浮かせた茨木童子が、日鞠をからかうように辺りを漂(ただよ)う。

慌てて蔵書を元の場所に戻すと、荷物を手に茨木童子を追った。

茨木童子の姿は他の人には見えないため、小声でなおも問いかける。

「意地悪しないで、何か手がかりがあるなら教えてください……！」

「へえ。それじゃ、この愚かなわたくしに何卒(なにとぞ)ご教授くださいませ、とでも言ってみろ」

「この愚かなわたくしに何卒(なにとぞ)ご教授くださいませ茨木童子さま、よろしくお願いいたします！」

「……お前、少しは躊躇(ためら)えよ」

ため息とともに、出入り口付近まで漂(ただよ)っていった茨木童子がぴたりと止まる。

何か言う気になったのだろうか。

そのとき、玄関ホールから館内に図書館職員が入ってきた。

段ボール箱を載せた荷台がガラガラと運び込まれてきたことに気づき、日鞠は左によける。

すると茨木童子の背後の玄関ホールに、見知った人物の姿が見てとれた。

黒のシャツに紺色のジーンズ。孝太朗だ。

「孝太朗さん。どうしてここに――」

その瞬間。

ピシリ、と頭の中に亀裂が入るような音が響いた。

綻（ほころ）んだ意識の隙間からとめどなく流れてくる、この、感情は――誰のもの？

「ひっ、……いや……！」

息がうまくできない。

急に身体の力が抜け、両膝ががくりと床に崩れ落ちる。

全身に噴き出す冷や汗を感じながら、日鞠は浅く短い呼吸を繰り返した。

両頬にはいつの間にか大粒の涙が伝い、ひどく混乱する。

まるで自分の身体が、自分のものではなくなったようだった。

――哀しい。寂（さび）しい。憎らしい。

――もう嫌。こんな苦しい思いにとらわれるなんて。だからお願い。

――もう誰も、私のことを、置イテイカナイデ。

「おい女、どうした？」

「日鞠！」

周囲の困惑したようなざわつきの中、一際はっきりと耳に届いた声。

がたがた震えながら身を縮める日鞠を、孝太朗は即座に抱き上げた。

茨木童子と小声でやりとりをする気配がするが、それもすぐに終わる。

「日鞠、しっかりしろ。俺がわかるか」

「っ……こうたろ、さ……」

「……もう、大丈夫だ」

ぎゅっと隙間を埋めるように、抱き上げる腕に力が込められる。

先ほどの溺れてしまいそうな感覚に再びとらわれまいと、孝太朗の服の裾を必死に掴んだ。

孝太朗さんが来てくれた。

だから大丈夫。もう、大丈夫だ。

日鞠はようやく、自分に戻れた気がした。


運ばれた先は、自室のベッドの上だった。

「あの本、泣いていたんです」

目元に手をのせたまま、日鞠はぽつりと言った。

ベッドのすぐ横に腰を下ろした孝太朗は、無言で耳を傾けている。

「あのとき……図書館で荷台がすれ違ったとき、聞こえたんです。荷台の中の、本の声。孤独に震える寂しい、哀しい声」

　それは、日鞠の中にするりと入り込んできた。

　悲痛な声とともに浮かんだ情景はたくさんの人々、異なる時代の背景、そしてそれぞれの別れがあった。

「でもどうして……こんな感覚に陥ること、今までなかったのに」

「……この街に戻ったことで、お前の持つ力が研ぎ澄まされてきているのかもしれねえな」

　困惑する日鞠の視線を、孝太朗が受け止める。

「栞をなくした彼女の波長が茨木童子を引き寄せたのと同じだ。この世のありとあらゆるものに繋がる縁の糸。それがお前の持つ力に呼応しはじめている。それこそ、誰も聞くことができなかった本の声までも」

「縁の、糸……」

　聞いたことがある気がする。

　人、もの、こと、そのすべてに繋がる糸。

　いつもは見えず、時に薄れ、忘れることもあるけれど、決してなくなることのない縁の糸がある。

　それは昔に聞いた話。話してくれたのは、祖母だっただろうか。

よく覚えていないが、それならやるべきことはひとつだ。

「私、もう一度図書館に行きます。あの泣いていた本のこと、放っておけません」

「待て」

ベッドから這い出ようとする日鞠を、孝太朗が止めた。

「落ち着け。今日はもう、あそこに行くのはやめたほうがいい」

「そんな……なんでですか？　だってあの本、あんなに苦しんでいるのにっ」

「今のお前が行っても、また心をとらわれるだけだ」

静かに告げられた孝太朗の言葉は、的を射ていた。

それがわかっていても、日鞠はどうしても納得いかない。

いつもは頼りになるはずの孝太朗の冷静さが、今はひどく薄情に思われた。

「そんなことありません！　少しでもいいんです、私一人で行きます」

「おい」

「私がちゃんとあの本の声を聞かないと。あの本は、きっと今も泣いて」

「日鞠！」

立ち上がろうとした日鞠だが、強い力で引き戻される。

背中に受けたベッドのスプリングの衝撃に、顔をしかめて目を閉じた。

まぶたを開くと、孝太朗がこちらを見下ろしている。

両手がベッドに押しつけられていることに気づき、日鞠は小さく息を呑んだ。

「惑わされるな」

その声は、不思議と哀しく響いた。

「お前は優しい。他者を理解し、寄り添おうとするのもお前の力のひとつだろう。だが、それは薬にも毒にもなる」

「……毒？」

「お前は他人の感情を自分のものにしすぎるんだよ」

日鞠の手首を掴んだ孝太朗の手に、僅かに力がこもる。

「お前は桜良日鞠だ。他の誰でもない。そのことを、決して忘れるな」

「孝太朗、さん」

「俺は……お前にそんな顔をさせたくて、ここに引き入れたわけじゃねえよ」

初めて見た。こんなに必死な孝太朗の顔を。

彼の真剣な表情に、がんじがらめになっていた心が解れていく。

やがて日鞠は、今自分が置かれている状況をゆっくりと、でも確実に理解していった。

自分の部屋のベッドで、孝太朗と二人きり。

両手を封じられた状態で、見下ろされていることに。

「っ……ご、めんなさい。孝太朗さん、その」

孝太朗に他意がないのはわかっている。

だからこそ無難にこの状況を脱したいのに、すでに頬にはじわりと熱が集まっていた。

「手首……いたい、です」

「……！」

舌がもつれてしまい、情けなさにますます顔が歪む。

その瞬間——孝太朗の瞳が、僅かに揺れた。

「……悪かった」

素早く身体を離した孝太朗が、そのまま部屋の扉へ向かう。

「今日はこのまま休んでおけ。本のことは、俺から類の奴に伝えておく」

そう言い残し、孝太朗は静かに扉を閉めた。

日差しが眩しく照りつける、快晴の翌日。

薬膳カフェをあとにした三人は、駅方面への道を歩いていた。

「日鞠ちゃん、昨日はなんだか大変だったみたいだね。体調はもう平気？」

「はい。休んだらすぐによくなりましたし、今はもう元気いっぱいです」

心配をかけてしまったことを詫びると、類は安堵の笑みを浮かべた。

「けど、今回のことで色々合点がいったよ。管狐をいくら館内に飛ばしても、手がかりひとつ見つからなかった理由がね」

北広島にある図書館は一ヶ所だけではない。

予約・修繕・調査など様々な理由で、蔵書は図書館間を行き来している。

「昨日荷台で運び込まれてきた本は、その行き来していた蔵書の一部。その本からようやく管狐が感じ取ったよ。小さなあやかしの気配と、それが大事そうに抱く『何か』の気配をね」

「あやかし……それじゃあ、昨日私が聞いたのは本に憑いたあやかしの声で、そのあやかしが有栖さんの栞を？」

日鞠の言葉に類は頷き、孝太朗も静かにまぶたを伏せた。

「管狐からの情報では、問題の本はいったん資料室に置かれているらしい。受付カウンターの、さらに奥の部屋だね」

「ということは、一般の利用者は入れない部屋ですか？」

「うん。でもまあ、入り込む方法なんていくらでもあるからね」

「いくらでもって……えっと。類さん？」

類の発言に、不穏なものを感じる。

恐る恐る見上げると、薄茶色の瞳がきらりと光った気がした。

にっこり、という効果音がばっちりはまる類の笑顔に、日鞠は思わず後ずさる。

「さて、時間もいい頃合いだね。そろそろ、栞探しの片をつけに行こうか」

「手荒な真似はすんなよ、類」

「えー。俺、今まで手荒な真似なんてしたことある？」

とても楽しげな類の返答に孝太朗は嘆息し、日鞠の嫌な予感は膨らんだ。

「作戦はこうだよ。もう少しで、図書館職員は交代で昼休憩の時間なんだ。今までの傾向でいくと、館外に食べに出る職員が二人いる。その二人に声をかけて、なんやかんやで潜入するって感じかな」

「いやいや。一番大切な部分がうやむやになってるんですけれど……！」

「ははは。まあ大丈夫。イケメン類さんに任せて？」

図書館の玄関ホールに続く扉の前で、日鞠は小声の突っ込みを入れる。

ヘラヘラ笑う類だが、孝太朗は特に言及するつもりはないらしく、日鞠はただオロオロするだけだった。

職員二人に声をかけて、どうするつもりだろう。

まさかと思うが、二人を人質にとって強引に中に押し入るなんてことはないよね？

「さて。来たね」

類の声に、はっと我に返る。

図書館に通じる自動ドアが開く。中から姿を見せたのは、図書館職員の男女二人組だった。

不安におののく日鞠をよそに、類はためらいなく二人へ近づく。

「あの、すみません。ちょっとよろしいですか」

「はい？」

「どうかされましたか？」

職員二人がほとんど同時に類の声に反応する。

そして次の瞬間、彼らの身体からするりと力が抜け、床に座り込んだ――って、え？

「それじゃあ孝太朗。この二人を安全な場所に運んであげてくれる？」

「はあ……相変わらずえげつねえな」

「る、る、類さんっ？」

日鞠は震える指を、類――いや、「類だった」人物へと向ける。

しかしこちらを振り返った人物は、どう見ても別人の面差しだった。

もっといえば、今まさにそこに座り込んで眠っている男性の顔にそっくりだ。

「ちょっとだけ、この人の顔と服をお借りしたんだ。この姿なら、問題なく資料室にも入ることができるでしょ？」

「っ、すごい……」

見た目だけじゃない。声まで変わっている。

狐の本業は化けること——その言葉を今、改めて日鞠は実感した。

「長引かせるのはよくないからね。それじゃあ行こうか、日鞠ちゃん」

「え？　類さんはともかく、私まで連れて入るのは無理なんじゃ……？」

慌てて尋ねると、孝太朗と類は一瞬視線を交差させた。

「大丈夫。日鞠ちゃんも入れるよ。もちろん正規ルートで、ね」

類から差し出されたのは、シンプルなコンパクトミラー。

それを受け取った日鞠は、映し出された姿に目を丸くする。

「ええええっ⁉」

鏡の中にいたのは、今しがた眠らされた女性職員の顔をした、自分だった。

今日の潜入は三人ではなく、日鞠と類の二人で行うらしい。

「いくら顔を借りたからって、三人揃って資料室に立てこもったら、さすがに周りが変に思うでしょ。日鞠ちゃんは例のあやかしの声を聞いた張本人だし、孝太朗はこういった調査は向いてないからね」

簡単な説明だったが、日鞠は納得した。

いつの間にか変化していた服装と、胸元に掲げられたネームプレートを確認する。

今から私は佐々木さん。類さんは田所さんだ。

「それじゃ、孝太朗は二人を運び次第、万が一に備えてカウンター近くで待機ね」

「ああ」

「い、いってきます」

「ああ」

よかった。返事があった。

いつもより硬い気がする声色には気づかないふりをして、日鞠は類とともに図書館内へ向かう。

昨日のあの「出来事」のあとから、孝太朗の様子が変わった。

まず、いつもはともに食べる夜ご飯が別だった。

自室で休んだあと、目覚めたらキッチンテーブルに夕食が用意されていた。

孝太朗はすでに食べて自室に戻っていたらしい。いつもなら、日鞠に一声かけるのに。

洗面所を使うとき、水を飲みに出たときに顔を合わせても、一言交わすのみですぐに部屋に戻る。

元来口数の少ない孝太朗だ。考えすぎと言われればそれまでだが、日鞠には確信があった。

なぜなら、あれから一度も、孝太朗と目が合っていないのだ。

昨日、図書館から自室に運ばれたときのやりとり。

振り返れば振り返るほど、あのときの自分の態度はひどかった。

孝太朗の厚意に甘えながらも、子どものように声を荒らげて、撥(は)ねつけて。とんだ恩知らずだ。

嫌われてしまっても不思議ではない。

それなのに孝太朗は、いつもどおり夕食を作ってくれた。

ただし、その傍(かたわ)らに書き置きを残して。

俺の分の朝飯は、作らなくていい——と。

「日鞠ちゃん。平気?」

はっと我に返る。

「大丈夫です。行きましょう、類さん」

「ん。何かあっても、俺に任せといて」

落ち込んでいる場合じゃない。今は、目の前のやるべきことに集中しよう。

自動ドアが開くと同時に、日鞠はごくりと喉を鳴らした。

「こんにちは……ってなんだ、田所さんだ」

「なんだってひどいですね、滝川（たきがわ）さん」

入り口近くのカウンターからかかった職員の声に、田所に扮（ふん）した類は笑顔で応対する。

事前に、職員たちの口調や人となりも把握していたのだろう。堂々と職員とやりとりを交わす類は、この上なく頼もしい。

基本的に日鞠は、類についていけばいいと言われている。

声をかけた職員に会釈した日鞠は、そのまま黙って類の背中を追った。

カウンターの入り口。

特に施錠はされていないが、一般の利用者がここから先に入ることはほぼない。

緊張を表に出さないようにしつつ、カウンター内へと入っていく。誰からも指摘が入らなかったことにほっと胸を撫で下ろした。

向かう先は、例の蔵書が保管されている資料室だ。

「佐々木さん。ちょうどよかった」

佐々木。私だ。

カウンターの奥から突如かけられた声に、日鞠の肩が小さく揺れる。

ああまずい。よりによってこの声は。

振り返れば、黒髪の凜とした女性がこちらを見つめている。

やっぱり。有栖さんだ。

「もうお昼に出られたかと思っていました。先ほど問い合わせがあった蔵書の件で、確認したいことがあったんですが」

「っ……あ、あの」

「ああ、すみません。佐々木さんには急ぎの別件を頼んでいるんです。その件は僕が引き受けてもいいでしょうか？」

返答に窮する日鞠に、さっと助け船が入る。類だった。

二言三言、有栖と言葉を交わした類は、身体の後ろに回した手で資料室を指さす。

先に行ってて、ということか。

日鞠は小さく会釈をし、そそくさとその場を後にした。

「……はあああ、もう駄目かと思った……！」

無事に目的の部屋へと滑り込み、ほーっと長い息を吐く。

「確かこの部屋のどこかに、例の本があるはずなんだけど」

類の助け船に感謝しつつ、日鞠は資料室を見回した。

恐らく類は、有栖の用件をうまく乗り切るまでこちらには来られない。

今のうちに、何か手がかりを探そう。

「昨日の荷台に載っていたのは、段ボールの箱だったよね」

資料室にはスチールラックの棚が五、六列並び、いたるところに段ボール箱が積まれている。

昨日は中身を見るまでもなく、あそこまで影響を受けた。

きっと近づくだけでも、その存在を感じ取れるはずだ。

「今日は、倒れるわけにはいかないよ。日鞠」

言い聞かせるように独りごち、棚をひとつひとつ回っていく。

大丈夫。自分自身を見失わなければ、昨日みたいにはならない。

――お前は桜良日鞠だ。他の誰でもない。そのことを、決して忘れるな。

あの言葉を胸に抱くように、ぐっと拳に力を込める。

同時に、日鞠は自然と歩みを止めた。

「……声」

危うく聞き逃しそうな、小さな小さな泣き声だった。

段ボールをずらし、ふたを開く。

中には数十冊の本が詰められていたが、日鞠の手は迷いなく一冊の本に向かった。

かなり古びた書物だ。

題名は見たことがないが、『歌撰集』とある。和歌の本だろうか。

「あなたが、泣いていたんですか？」

ぽつりと問いかけた。

表紙にそっと指先を添える。返答はなかった。それでも、今もなおすすり泣きが聞こえてくる。

「あなたの声が、聞こえました」

眉間にきゅっと力を込め、日鞠はその歌集をそっと胸に抱いた。

「話を……聞かせてもらえませんか」

――話、か。

瞬間、ひゅ、と日鞠は息を呑んだ。

まるで意志を持ったように、抱いていた本がひとりでにめくられていく。

そして中から、幾多の古びた紙が、勢いよく辺りに舞いはじめた。

紙一枚一枚に浮かぶ情景は、時代を超えた数多の人々とこの本の姿だった。

素敵な本ですね。よろしければ持っていってくださいな。

たくさんの歌だねえ。でもその本はもう古いから。

旅のおともによさそうでしょう。そちらの本と一緒に縛っておいて。

あなただと思って、生涯大切にいたします。お別れの準備も整わなかったわ。

恋の歌か、素敵な本。もう私にはあなたがいるもの。

捨てるのも忍びないものねえ。へえ、図書館に寄贈なんてできるんですか。

——もう、私は疲れた。

——人は勝手な生き物よ。情念だけをこちらに残して、自らは容易く手放し、そのうち記憶からも消し去る。

——その情念にいまだとらわれている者がいることなど、つゆほども知らずに。

室内を舞う無数のページの、いたるところから声が響く。

怯みそうになる心をなんとか奮い立たせ、日鞠は口を開いた。

「それが、あなたが悲しんでいる理由ですか」

——悲しんでいるのではない。怒っているのだ。

「でも、あなたから聞こえてくる声は、すべて寂しく泣いているように聞こえます」

日鞠の言葉に、吹き荒れる紙の嵐が一瞬だけ和らぐ。

しかし、次の瞬間には再び勢いを増した。

——聞く力、か。

——お主、思ったとおり奇っ怪な力を有しておるな。

——何よりお主にもまた、必死に抑え込んでいる恋慕の情が透けて見えるわ。

「それってどういう……、あ！」

尋ねかけた日鞠だったが、あるものが視界に飛び込んできた。

白い紙が舞う世界の中で、ふわりと舞い落ちてきた黒いもの。

すぐ目の前に浮いているそれは間違いない。

有栖が探していた、黒いレースが施された栞だった。

「よかった。やっぱり、この栞はあなたが持っていたんですね」

——あの者が一度、私に触れたときに拝借した。随分と懐かしい面差しをした、あの者から
な。

「え……、懐かしい？」

続けて語られた話によると、その本の作者と有栖は、外見も雰囲気も瓜二つなのだという。

周囲との交流を諦め、創作の世界に深く浸る瞳。

自分の世界を壊すものを決して許さない、凛とした空気。

本をそっと閉じる時に一瞬浮かぶ、なんともいえない清々しい表情。

魂を込めてこの本を完成させた遠い日の女流作家の、生き写しにも思えるほどだったのだ。

――気づけば私はその栞を胸に抱いていた。栞についた、あの者の香りに惹かれて。

「そう、だったんですね」

――所詮、私は一冊の本にすぎん。ならばせめて、ひとつの栞を慰めの品として求めることくらい許されてもよいのではないか？

――あの者とて、あと半月も経てば栞のことなど忘れよう。人とはそういう生き物だ。

――私という本を躊躇なく手放し忘れ去っていった、過去の持ち主たちのように。

恨みを込めた言葉の中に滲む悲しみに、日鞠の胸がぐっと苦しくなる。

繰り返される別離の中で、作者に似た有栖の名残を求めた気持ちはよくわかる。

それでも、有栖にとって栞は大切な心の拠り所なのだ。

「ごめんなさい。それでも、このままあなたを閉じるわけにはいきません」

返事はなかった。

吹き荒れる白い紙の世界に浮かぶ、有栖の栞。

手を伸ばし、取り返すことは容易いだろう。しかし、それはしてはいけない気がした。

「話をしませんか。私、あなたともっと……」

そのとき、ふと何者かの気配がした。後ろだ。

「日鞠」

「え……っ」

振り返るより早く、日鞠の身体が後ろから抱きすくめられる。

自分を呼ぶ声色に、心臓がどきんと音を立てた。

「こ、孝太朗さん……？」

「悪かったな。こんなところで、お前を一人にさせて」

ぎゅ、と後ろから回された腕に力がこもる。

どうして。ついさっきまでは必要最低限の会話しかなかったのに。

駆け巡る混乱を誤魔化すように、日鞠は目の前に浮かぶ栞を指さした。

「わ、私は平気です。それよりも見てください。有栖さんの栞はやっぱりこの本の中に……！」

「ああ。でもそれは、もう必要ない」

「え？」

必要ない？

目を見張ったのと、孝太朗の手が日鞠の頬に添えられたのは、ほとんど同時だった。

「日鞠」

「あ……」

後ろを振り向かされ、漆黒の瞳と目が合った。

徐々にかげる視界のなか、孝太朗のカットソーの袖がずり落ち、傷跡のない左肘が見える。

そのときふと、目の前の孝太朗とは違う気配が――微かに日鞠の口元を覆った気がした。

「孝太朗さんじゃない……ですね？」

近づいてきていた唇が、動きを止める。

「孝太朗さんはこんなことしません。いくらなんでも、夢と現実の区別くらいつきますよ」

「……」

「あやかしさん、ですよね。この本に長年憑いていた」

安堵とも落胆とも取れる感情が胸を占めていく。

それでも日鞠は、努めて笑みを浮かべた。

「……怒らぬのだな。お主の心を暴いたというのに」

目の前の孝太朗は、孝太朗の姿ではなくなっていた。

白い紙で作られた人型は、再び無数の白いページとなり、やがて一冊の本に還っていく。

その表紙から静かに現れたのは、和装に身を包んだ一人の女性だった。

髪も肌も着物も、すべてが古い和紙を思わせる、薄茶色の姫。

その色彩は、想像を超えるほど長い時を生きてきた証なのだろう。

「こんな手段を用いても、返したくなかったんですね。有栖さんが大切にしていた、この栞を」

「有栖、か。この栞の持ち主は、有栖というのか」

「はい。本がとても好きな、聡明で美しい人です」

長いまつげでかげった女性の瞳には、憂いと悔恨の色が浮かんでいる。

「私は有栖さんに、栞を返してあげたいんです。あなたは栞をなくして寂しいかもしれませんが……有栖さんはもちろん、この図書館で働くすべての人が、きっとあなたを大切にします。必要とする人の手に渡るように、時に愛情のこもった手入れを加えながら」

浮遊していた栞を、和紙色の姫はそっと手に取った。

「よければ、いつか私にも読ませてもらえませんか。あなたが長年守り続けてきた、古の恋の歌を」

「……確かに、今のお主にはよい学びになるかもしれぬな」

小さなあやかしは穏やかな微笑みを浮かべ、こちらを見つめる。

ありがとう――そう口にしたあやかしは、ゆっくりと頭を下げて消えていった。

繊細な刺繍が施された黒色の栞を、日鞠の手の中に残して。

夜が更け、橙色の照明が灯ったカフェ店内。

「というわけでー、無事、有栖の栞が戻ってきたことを記念して、乾杯ー！」

高らかに杯を掲げた茨木童子は、そのままぐいっと酒を呷った。

テーブルには大量の酒壺が並び、茨木童子の分以外に三つの猪口も用意されている。

「乾杯じゃないいっつーの。なんでこの鬼、持ち込み案件が解決したら、いつもここで祝杯あげるわけ？」

宙であぐらをかく茨木童子に対し、類は壁際のソファー席でげんなりしていた。

「でもま、今回ばかりは乾杯してもいいかもね。栞が戻ってきたときの有栖ちゃん、すごく嬉しそうにしてたからさ」

「そうですね。ちゃんと有栖さんに戻すことができて、本当によかったです」

類が資料室に駆けつけたとき、日鞠の変化は解けていた。

直後、類の後ろから現れた有栖に慌てたが、彼女も何かを察したらしい。

日鞠がなぜそこにいるのか問い質すことなく、人目につかない館外へのルートを教えてくれたのだ。

栞を受け取ったときの有栖の微笑みは、今も日鞠の胸をじんわりと温めてくれている。

「それにしても、あやかしが素直に栞を返してくれてよかったよ。俺もなかなか日鞠ちゃんのもとに行けなかったしね」

「あのあやかし……『文車妖妃』っていうんでしたよね」

文車妖妃は、文書や書物にまつわる念が、具現化して生まれたあやかしだ。

画家・鳥山石燕が描いた『百器徒然袋』では、文書を積んだ文車の中身を引き出そうとする女の姿で登場している。

「あやかしも随分あの栞に執着していたようだけど、日鞠ちゃんが説得してくれたおかげだね」

「最後には、自ら栞を手放してくれましたから。優しいあやかしですよね、文車妖妃さん」

姿を消すときに、文車妖妃は穏やかに微笑んでいた。

拙い自分の言葉だが、少しでも慰めになったらと願う。

「でもさあ。今回の茨木童子は、なーんかいつもと態度が違ったよねえ。やけに協力的だったというか、素直だったというか？」

酒にほんのり頬を赤らめた類が、茨木童子にからかいの視線を向ける。

「いつもはひとつふたつの手がかりのみで、俺らが駆け回るのを見てるだけのくせにさ。今回はどういう風の吹き回し？」

「あ。実は私も気になってました」

調査中にも差し出された、茨木童子の助けの手。

思えば文車妖妃の宿る蔵書とすれ違ったのも、茨木童子がそちらへ誘導したからではなかったか。

「別に。大した理由はねえよ」

ふんと鼻を鳴らし、茨木童子が追加の酒を呷る。

「ただ、尊敬する主君への恩義を忘れてねえってだけだ」

「主君への……？」

「なるほどな。つまり、有栖のためか」

「孝太朗さん」

話の繋がりがわからず首を傾げると、オードブルの大皿が運ばれてきた。

「あの栞（しおり）は、引退した上司から贈られた品だった。上司を心から慕う彼女が栞（しおり）の紛失に嘆いている姿を見て放っておけなかったんだろう。お前は昔から、主君に対する忠誠心だけは人一倍だったからな」

「なんだー。それなら素直にそう言えばいいのにさあ」

「いや、こいつは最初に言っていた。有栖の栞（しおり）の行方を『探し出してほしい』と。こいつがそんな殊勝な言い方をしてきたことは、今まで一度もなかったからな」

「あーあー、御託（ごたく）はいいんだよ！　酒がまずくなんだろが！」

茨木童子はそう叫ぶと、再び酒を呷（あお）る。つまりは図星ということだろう。

茨木童子は、主君たる酒呑童子とともに語り継（つ）がれてきた。

鬼である彼も、主君を尊敬する思いは純粋なのかもしれない。

「ねえねえ。孝太朗もつまみなんていいからさ、こっちに来て一緒に飲もうよー」

猪口（ちょこ）に酒を注（つ）ぎながら、類が厨房（ちゅうぼう）に戻ろうとする孝太朗に声をかける。

「飲もうよ、じゃねえよ。つまみを食わずに飲んだら酔いの回りも早い。一体誰がてめえら酔っ払いの世話をすると思ってんだ」

「えー。でもこのままじゃ、日鞠ちゃんが酔っぱらい二人に絡まれることになるよ？　肉食獣の檻（おり）にウサギを放り込むようなもんじゃない？」

「そーだそーだ。こーんな美味(うま)そうな女、そうそうありつけねえしなあ」

ケタケタ笑いながら話す類に、茨木童子も悪乗りする。

それでも孝太朗はまとうオーラを黒くするのみで、こちらへ来ようとしなかった。

「……孝太朗さん座ってください。追加のおつまみなら私がコンビニで買ってきますから」

「は？」

「ちょうど買いたい雑誌もあったんです。私が出ている間、二人の監視もお願いしますね」

返答も聞かずに、日鞠は笑顔のまま店を出た。


北海道の六月は、夜でも上着はかろうじて必要ない。

瞬(また)く星の輝きを眺めつつ、日鞠はコンビニまでの道をゆっくり進みはじめた。

購読している雑誌は特にない。でも、こうでもして自分がいなくならなければ、孝太朗は決して席には着かなかっただろう。

資料室で、甘い抱擁(ほうよう)を交わした孝太朗の幻影。

あれは情けないことに自分の願望だった。

気まずい二人の関係を一掃し、願わくはその瞳に自分を映してほしいという、儚(はかな)い望み。

「まだ謝れてもいないくせに……ほんと、馬鹿だな」

「日鞠」

　空耳かと思った。

　一瞬躊躇したあと、日鞠は後ろを振り返る。

　そこには、今まさに思考を巡らせていた人物の姿があった。

　走ってきたらしく、その肩は大きく上下している。

「孝太朗さん、どうして」

「こんな夜に、女一人歩かせられるか」

「っ……」

　相変わらず視線が合わない。

　それなのに孝太朗の真っ直ぐな優しさに、胸がぎゅっと締めつけられる。

　隣に並んでもなかなか進もうとしない日鞠に、孝太朗が声をかけた。

「日鞠？」

「ごめんなさい」

　一度こぼれた言葉は、堰を切ったように溢れ出した。

　人気のない夜道に、日鞠の謝罪の言葉がぽろぽろこぼれていく。

「ごめんなさい。ごめんなさい、孝太朗さん。倒れた私を運んで、心配してくれたのに……

むきになってひどい態度を取って、ごめんなさい」

「おい、落ち着け」

「もうあんな子どもみたいな態度は取りません。孝太朗さんの言うこともちゃんと聞きます。だから、お願い孝太朗さん」

　私のこと、嫌いにならないで。

　涙で滲(にじ)む視界に、街灯と星の瞬(またた)きが微(かす)かに揺れる。

　そのとき、頭にのせられた大きな手の温(ぬく)もりに、はっと息を呑んだ。

「必要がないときは謝るなって、前も言っただろ」

「孝太朗、さん？」

「謝るのは、どう考えてもこっちのほうだ」

　久しぶりに目にした、真(ま)っ直(す)ぐな漆黒の瞳。

　それだけで湧き上がる喜びに、日鞠はきゅっと口元を引き締めた。

「我(が)を通すために声を荒らげて、挙(あ)げ句(く)、嫁入り前の女を押し倒した。やってることは暴漢と変わらねえよ」

「そ、そんなことっ」

「弁解の余地もねえ。嫌悪されても当然だ」

「嫌いになんて、なりません……！」

目一杯張った声は、夜の空に響きわたる。

頭にのせられた孝太朗の手が、優しく日鞠を撫でた。

「手首……痛い思いをさせて、悪かった」

「大丈夫です。あのくらい、どうってことありません」

笑顔で答えた日鞠に、ようやく孝太朗の小さな微笑みが向けられる。

久しぶりに隣に並んだ二人は、コンビニまでの道をともに進んだ。

ずっと長い間こうしていなかったような気がして、じんと胸が温かくなる。

「今回の文車妖妃の件も、お前一人に解決を任せてしまったな」

「そんなことありません。あのとき孝太朗さん、私のことをちゃんと守ってくれたじゃないですか」

「……お前、気づいていたのか？」

目を僅かに見張った孝太朗に、日鞠は苦笑を浮かべて頷いた。

文車妖妃が見せた、偽の孝太朗の幻影。

その甘美な幻影が迫ったとき、別の温かなものが、日鞠の唇を守るように覆った。

本物の孝太朗の手だ——日鞠は咄嗟にそう思った。

「俺は類のような変化の術は使えねえが、一時的に自分の気を飛ばすことができる。一種の幽体離脱みたいなもんだな」

なるほど、だから関係者以外立ち入り禁止のあの場所に、孝太朗が立ち入れたのだ。

実体があるかないかわからない、不確かな存在として。

「類さんといい孝太朗さんといい、まるで魔法使いみたいですね」

「そんな大層なもんじゃねえよ。現に実体化できたのはあの一瞬で、あとの説得は全部お前一人に任せっきりだったしな」

「それでも、私は助かりました。孝太朗さんの手がなければ、危うく偽者に騙されていたかもしれません」

あのとき偽の孝太朗には、本来あるはずの左肘の古傷がなかった。

それでも、あの一瞬ではっきり拒絶できたかは正直怪しい。

夢と現実の区別くらいつくなんて偉そうに宣ったが、ほとんど口から出まかせだった。

「冷静に考えると、あれが本物の孝太朗さんなわけありませんよね。そもそも、孝太朗さんがわけなく後ろから私を抱きしめるなんて、ありえませんし」

「……」

「それなのにあんな安易な術に騙されそうになるなんて、本当、自分が恥ずかしいです」

「……」

「……孝太朗さん？」

いつの間にか、自分だけが歩いていたことに気づく。

後ろを振り返ると、孝太朗は歩みを止めたまま、自らの手に視線を落としていた。

「孝太朗さん。どうかしましたか」

「手なら、どうだ」

孝太朗の低い声が、日鞠の鼓膜を優しく震わせる。

次の瞬間、孝太朗は日鞠のほうへそっと手を差し出した。

「俺は、お前と手を繋ぎたい」

心臓が、一際大きな音を鳴らす。

「今俺がそう言えば、この俺も偽者ってことになるのか」

「そ、れは……」

白い満月が、後光のように孝太朗を淡く照らす。

まるでこの世の者と思えない美しさ。これも、あやかしが持つ妖気の影響なのだろうか。

「……悪かったな。お前を困らせるつもりはなかった」

差し出されていた手は、ゆっくり下ろされてしまった。

「今のは忘れてくれ。行くぞ。早くしねえと、あの馬鹿二人がどこまでエスカレートするかわからねえ」

「孝太朗さん！」

隣を通り過ぎようとする孝太朗に、日鞠は咄嗟に手を伸ばす。

かろうじて掴めたのは指三本。

それでも、日鞠はその温もりにきゅっと力を込めた。

「嫌じゃないです！　嬉しいです！」

「日鞠」

「嬉しい、ですから……っ」

胸の鼓動が全身に広がって、情けなく声まで震える。

それでも、言葉足らずのすれ違いはもうしたくなかった。

恥ずかしくて照れくさくて仕方がなくても、瞳だけは逸らしたくない。

「……冷えてんな。指」

「緊張、してしまって。すみません……っ」

いけない。また謝るなって言われるだろうか。

恐る恐る隣を見ると、繋いだほうと逆の手で、孝太朗はその口元を覆っていた。

表情は見えないが、細くため息をつく気配が微かに耳に届く。

「んとに、お前は……」

「え？」

「……勘弁してくれ」

熱い指が、そっと絡められる。

ほんの僅かにしか触れ合っていないはずなのに、その感触は日鞠の胸を甘く疼かせた。

苦しいくらいに心音が響いて、もう何も聞こえない。

その後、コンビニで何を買ってカフェまでどう戻ったのか、日鞠の記憶はふわふわと曖昧なままだった。

第四話　七月、記憶の欠片(かけら)と縁(えにし)の糸

——あなたも、あやかしだよね？

周囲に生える草は、幼い日鞠の肩の高さまである。

ドキドキと鼓動が速まる中、日鞠は赤黒く染まった傷口に向かい合った。

——大丈夫、大丈夫。少しだけ辛抱しようね。

それは、祖母の口真似だった。

いつも困った動物たちと触れ合い、助けていた、優しい人。

どんなに会いたくても、もう二度と会えない人。

目の前のには、困惑したようにこちらを見つめる、黒い瞳。日鞠は、その瞳に笑顔を向けた。それから、小さな手を拘束している鉄の塊(かたまり)に慎重に触れる。

びくともしない。でもやるんだ。誰でもない私が。

鉄の塊(かたまり)を掴(つか)んだ両手に、目一杯の力を込める。

指先に鋭い痛みが走った直後、ガシャンと金具の弾ける音が鳴った。

「おはよう、日鞠ちゃん。今日も暑いねえ」

北海道の七月は、東京と遜色がないほどに夏色が濃い。

日鞠が店先の掃き掃除をしていると、通りから類の挨拶が聞こえた。

「おはようございます、類さん。すっかり夏の気候ですね。日差しが肌にじりじりきます」

「あれ。もう掃き掃除？　もしかして日鞠ちゃん、店内の準備は終わっちゃってる？」

「実はそうなんです。今日は早めに目が覚めてしまって」

目を丸くする類に、すでにエプロンをまとった日鞠は笑顔で頷いた。

起きる間際に見たのは、以前も何度か見たことのある夢だ。

森林の中で、動けなくなった誰かを幼い自分が助ける夢。

詳細を思い出そうとするとなぜかいつも霧のように掴めなくなる、不思議な夢だった。

「はよ」

振り返ると、あくびをしながら外階段を降りてくる孝太朗の姿があった。

「おはようございます。孝太朗さん」

「あれれ。孝太朗も今日は珍しく早いねえ」

「うるせえよ。こうも暑いとな」

「それは同感。まあでも、毛皮がないぶんまだマシだよね」

「日鞠姉（ねえ）？」

昔懐かしい呼び名だった。

声のしたほうを見ると、歩道の向こうに立ちつくす男の姿がある。

カジュアルな服と、今時の若者っぽく毛先を遊ばせた、黒色の短髪。猫を思わせる、丸くて意志の強い瞳が、こちらをじっと見つめていた。

日鞠は思わず目を見張る。

「ひ、ひな」

「んの……馬鹿ヤロウ！」

カタン、と手にしていたホウキが地面に落ちる。

全速力で駆け寄ってきた男は、勢いそのままに日鞠の身体を抱きしめた。

思考が追いつかない日鞠は、ただただ男の腕の中で目を瞬（またた）かせる。

「どこ行ってたんだよ！　なんで連絡しねえんだよ！　こんなところに一人で来やがって！」

「ちょ、ごめ、とりあえず落ち着いて……！」

「これが落ち着いていられるかっ！」

「おい、日鞠」

背後から聞こえた声に、日鞠ははっと我に返る。

「よくわからねえが……この男は、一度お前から剥がしたほうがいいのか？」

「こ、孝太朗さん」

「誰だよアンタ」

なんとか振り返ろうとする日鞠だったが、身動きが取れない。

ただ、自分を抱く人物が孝太朗を不躾に睨みつけていることは、声色でわかった。

「俺はこのカフェの店主だ。彼女はここで働いている。大切な従業員が困っているのなら、助けるのが道理だが」

「そんな必要はねーよ。俺は、日鞠姉の弟だ」

「……弟？」

「ひーなーたー……」

身を捩り、どうにか隙間を作ったあと。

「他人様に失礼な態度を取るのはやめなさいって、何度も言っているでしょう‼」

六年ぶりに再会した弟へ、日鞠は容赦のない怒りの雷を落とした。

日鞠を引き取った両親は、一年後に新しい命を授かった。

そして翌年生まれたのが、七歳年下の弟・日凪太だ。

共働きだった両親に代わって、日鞠は積極的に弟の世話を買って出た。

ミルクを作るのも、おむつを替えるのも、離乳食だって下準備がされていれば、あとの作業は日鞠一人でもできた。

そして当然のように、お姉ちゃん大好きな弟が爆誕したのである。

「すみませんでした。開店前の忙しい時間なのに、弟を招くことになってしまって……！」

薬膳カフェのソファー席に着いた日鞠は、テーブルに額をつける勢いで頭を下げていた。

隣には弟の日凪太が、対面席には孝太朗と類が並んで座っている。

「まあまあ、いいじゃない。朝の準備は日鞠ちゃんが終わらせてくれてたし、弟くんだって何か事情があるみたいだしね」

「そーだそーだ」

「日凪太、調子に乗らないの！」

カッと一喝した日鞠に、日凪太はむっつり黙り込む。

仕草こそ変わらないものの、六年ぶりに会った弟は記憶よりも随分と大人びていた。

幼かった瞳にはいつの間にか力強さが宿り、身長も想像以上に伸びている。

「つまり君は、お姉さんを探しにここまで来たんだな」

「そうです。まさかこんなに早く見つかるとは思ってなかったけど」

孝太朗の問いに、日凪太は仏頂面(ぶっちょうづら)のまま答えた。

「俺、少し前に日鞠姉が住んでる社員寮を訪ねたんだよ。そしたら日鞠姉は三ヶ月前に退職しましたって、受付の人に言われてさ」

思いがけない言葉に、ドキッとする。

確かに日鞠は、家族に転職や転居のことを伝えずにいた。もう少し落ち着いてからと思い先延ばしにしていたことが、まさかこんな形で露見(ろけん)するとは。

「そんなの寝耳に水の話だろ。慌てて電話をかけたら、この番号は使われていないって言われるし」

横目で睨(にら)まれ、ますます縮こまってしまう。離職の際に、いい機会だと番号ごとスマートフォンを新しくしたのだ。

「色々調べた結果、この街にいるらしいってわかったわけ。だから日鞠姉の様子を見に弟の俺がここに来た、と」

「そうだったんだね……」

「そっかー。日鞠ちゃん、ここに来たことをまだ家族に話してなかったんだねえ」

「は、はい実は。なんとなく言う機会を逃してしまって」

「言いづらかったのかもだけどさ、こういう大切なことは真っ先に伝えるべきだろ。父さんも母さんも、すっげー驚いてたんだからな！」

「そうだよね。ごめんなさい」

まったくの正論に、すっかりしょげてしまう。

無駄な心配をかけまいとした選択で、結局心配をかけてしまった。

膝の上できゅっと拳を握りしめた日鞠を見て、日凪太が大仰にため息をついた。

「まあ、無事がわかったからいいけど。でもまさか、北海道に来てるなんて思わなかったわ」

話によると、行方知れずになった日鞠の行き先として、両親が真っ先に挙げた候補地が、この北海道北広島市だったらしい。

日鞠が祖母と暮らした思い出の街のことを、両親はしっかり覚えていたのだ。

「そんでこの街のことをしらみつぶしに調べてたら、この店のSNSに辿り着いた」

「SNS？」

この店のSNS投稿は、すべて類が管理している。

とはいえ投稿には店員を含む人物写真は載せず、メニューや店内写真、外観写真の掲載にとどめているはずだ。

「ここのメニュー表。日鞠姉が描いたんだろ？」

「えっ」

「この店の新しいメニュー表だって、ＳＮＳに紹介されてた。それで、まずはこのカフェに行ってみようと思ったわけ」

なんでもないように答える弟を、日鞠はまじまじと凝視する。

「よくわかったね。このイラストを描いたのが私だなんて」

「わかるわ。日鞠姉の絵、ガキの頃からどんだけ見てきたと思ってんだ」

「……ふふ。そうだったね」

幼い頃の日々が自然と頭をよぎり、懐かしさに頬が緩む。

あの頃は幼い弟にねだられるまま、来る日も来る日も山のように絵を描いていた。

日鞠と同じようにうまくクレヨンが使えないことが悔しくて、まだ幼児だった日凪太はよく泣いていたものだ。

「心配してくれてありがとう、日凪太。でも大丈夫だよ。私はこっちでちゃんと新しい生活を始めてるから」

「新しい生活って、ここの仕事？」

日凪太の視線が、値踏みするように店内を巡る。

「うん、そう。とても素敵なカフェだし、来てくれるお客さんも皆いい人ばかりなんだよ」

「確かに日鞠姉の好きそうな内装だけど。ちゃんと給料もらえてんのか？　生活苦しかったりとかしねえのか？」

「失礼なこと言わない！　ちゃんと正規のお給料をいただいてます！　それにここはとても良心的なんだから。お部屋だって家賃なしで住まわせてもらってるし！」

「……家賃なし？」

日凪太の耳がぴくりと反応する。

「どうしてここの仕事と家賃なしが繋がるんだよ？」

「え、えっとそれは。こちらの類さんが所有してる部屋に空きがあってね。ご厚意で住まわせてもらうことになって」

「うん。実はそうなんだよね」

類がへらりと笑って相槌を打つ。

「にしたって家賃ゼロはサービスよすぎだろ。物置部屋みたいな、やばい部屋に無理くり住まわされてんじゃねーだろな」

「だからっ、失礼なこと言わない！　ちゃんと綺麗な洋室です！　キッチンだってトイレだってお風呂だって、共同だけどちゃんと家の中に揃ってるし！」

「……共同？」

日凪太のこめかみがぴくりと反応する。

ああ、まずい。何がまずいかわからないが、まずい気がする。

「嫁入り前の女が一人暮らしするのに、防犯面は最重要項目だろ。共同ってことは他の誰かもいるってことだよな？　男か？　女か？」

「あ、あ、ええっとそれは……」

「俺だ」

す、と手を挙げた孝太朗に、他の三人が固まった。

「俺が君の姉さんと共同で使わせてもらっている。場所はこのカフェの二階だ」

「……」

目を点にしたまま、日凪太は動かない。

「こ、孝太朗さんはカフェで厨房を担当してるだけあって、料理がとっても上手なんだよ！　私、孝太朗さんが作るご飯が本当に大好きなんだ……！」

「……」

「それにね！　前に図書館で倒れたときも、親切に部屋のベッドまで運んでくれたの！

困ったときはいつも助けてくれてっ」

「……」

「ひ、日凪太？」

「……恋人か？」

絞り出すような声の問いかけに、今度は日鞠が固まる番だった。

「この人、日鞠姉の恋人なのか」

「こ、恋人って」

「恋人なのかそうでないのか。日鞠姉、どっち」

「恋人じゃない」

言い淀むよど日鞠に代わり、孝太朗がさらりと答えた。

「このカフェの店長と店員だ。弟の君が心配するような関係じゃない」

「そ、うだよ。日凪太ってば変な勘ぐりしないでよ……！」

あれ。どうして今、胸がズキッとしたんだろう。

日凪太の猫のような丸い瞳が、日鞠と孝太朗をじいっと交互に見つめた。

そして気が済んだように一息つくと、「なら、問題ないな」と言う。

「恋人じゃないなら、これ以上ここに住む必要もない。だろ？」

「家に戻ってこいよ、日鞠姉。父さんも母さんも、日鞠姉の帰りを待ってる」

強気な口調とは裏腹に、向けられたのは不安に揺れる弟の瞳だった。

「え……」


その日の晩。

ダイニングテーブルには、ミルクベースの鍋が用意されていた。

色鮮やかな野菜が小さめにカットされ、肉の芳醇な香りが食欲をそそる。

「いただきます」

「はい。いただきます」

向かい合わせに座った日鞠と孝太朗は、揃って手を合わせる。

さっそく口にしたミルク鍋のまろやかさに、日鞠の心は癒やされていった。

「孝太朗さん。今日は色々とお騒がせしてしまって、本当にすみませんでした」

「謝るな。俺も類も、別になんとも思ってねぇよ」

「……帰りを待ってるって、言われちゃいましたね」

ぽつり言葉がこぼれる。

就職と同時に家を出た。そのとき、もうこの家には帰らないと決めていた。

訪ねていくことはあるかもしれない。でも「帰らない」。

「結局……私の決断は、大好きな弟を傷つけていたんですね」

日凪太に、あんな表情をさせたかったわけじゃないのに。

「つくづく、お姉ちゃん失格だな……」

「いい機会じゃねえか」

かち、と日鞠の箸先がお椀にぶつかる。

見上げた孝太朗は、いつもと変わらぬ様子で取り皿に鍋をよそっていた。

「弟の言うことはもっともだ。嫁入り前の姉が男と同居と聞いて気を揉むのも無理はねえし、親御さんも心配して当然だな」

「え……」

「何より、お前にはちゃんと帰る場所があることがわかった」

鍋の湯気がほかほかと上がる中、孝太朗が箸を動かす音が微かに届く。

「なんで、そんなの、今さら」

「……」

「私……迷惑でしたか」

「そうじゃねえ」

明瞭に響いた否定の言葉に、日鞠の肩がびくりと揺れた。

「お前を迷惑だと思ったことは一度もない。そんなことは、お前もちゃんとわかってるだろう」

諭すような口調に、日鞠はこくりと頷く。

わかっている。孝太朗は、嫌いな相手と辛抱して暮らすような性分ではない。

「お前はずっと家族のためにと自分の行動を決めてきた。その家族が、お前に帰ってきてほしいと言っているんだろう。わざわざ、北海道に足を運んでまで」

「……」

「お前がその答えを出すときに、俺たちへの恩義を足枷にするべきじゃねえ。俺はそう思ってる」

「……はい」

孝太朗の言うことはもっともだ。

でもその冷静な言葉に、なぜか胸がちくりと痛む。

「弟は、しばらくこっちに滞在するんだろう」

「はい。一応、二週間後の飛行機の便を取っているって言ってました」

「まだ時間はある。ゆっくり考えればいい」

「はい。ありがとう、ございます」

こちらの判断に委ねられたことに、密かに胸を撫で下ろす。

とはいえ自分は一体どうするべきなのか、日鞠にはまだわからないままだった。


それからというもの。

「なるほどねえ。それじゃあ日凪太くんは、日鞠ちゃんを追って北海道まで来たのねえ」

「そうなんすよ。まったく、困った姉を持ちました」

「七歳離れてるのよね？　姉弟仲もきっとよかったんでしょうねえ。日鞠ちゃんは本当に優しい子だから」

「まあ、確かに色々と世話を焼いてはくれましたけどね。今はもう俺だって大学生ですから」

「日凪太。ちょっとこっちに来なさい」

窓際のカウンター席に座るのは、常連客の七嶋のおばあちゃん。

その隣にしれっと陣取る弟の姿に、日鞠はとうとう声をかけざるを得なくなった。

「なんだよ日鞠姉。まだ仕事中だろ？」

「あなたねえ。連日カフェに入り浸っては、お客さんと私のこと話し込むのはやめて。七嶋のおばあちゃんだって迷惑してるでしょう！」

「ふふ。大丈夫よ、日鞠ちゃん。全然迷惑じゃないわ。むしろ、日鞠ちゃんのお話を色々聞けて嬉しいくらいよ」

「ふはは。だってよ、日鞠チャン？」

にこにこ答える七嶋のおばあちゃんに、日凪太もにたりと笑みを見せる。

世渡り上手な末っ子に、日鞠はため息をつきながら厨房へ引きあげた。

「まずは外堀を埋めていこうってことかな。弟くん、きっと地頭がいいんだねえ」

「感心してないで、類さんもどうにか止めてください……！」

「はは。でもまあ、そんなに頭を抱える必要はないんじゃない？　弟くんだって、話す相手と内容はちゃんと弁えてるようだしね」

確かにそのとおりだった。そして、この街での姉の暮らしぶりが知りたいのだと気づけば、日鞠もあまり強く出られない。

「それで。日鞠ちゃんはもう決めたの？　弟くんと実家に戻るかどうか」

「すみません、実はまだなんです。急にこんな話が出てしまって、類さんも迷惑ですよね。本当にすみません……！」

「そんなのは全然なんでもないよ。俺はただ、日鞠ちゃんに後悔してほしくないだけ。イケメン類さんは、いつだって可愛い女の子の味方だからね」

「類さん……ありがとうございます」

本当に自分は、周囲の人たちに恵まれている。

ならどうして迷うのかといえば、ただ自分が臆病だからだ。

日凪太がここに来てはや三日。飛行機のリミットまであと十一日。

「……日凪太。十四時以降も、こっちにいられる？」

「へ？」

カウンター席で七嶋のおばあちゃんと話していた日凪太が、きょとんとこちらを見る。

「私、今日は十四時上がりなの。時間があれば、ちょっと一緒に出かけようか」

「！　おう！」

嬉しそうな笑みを浮かべ、日凪太が頷く。

幼い頃と変わらないその無邪気な笑顔に、なぜだか日鞠は泣きそうになった。

「ここが、日鞠姉が昔住んでた街？」

「そうなの。新しい住宅地になって、今はもうほとんど面影がないけどね」

タクシーでやってきたのは、二十一年前に暮らしていた街があった地区だった。

たくさんの人々が暮らす、穏やかで清潔感のある住宅地。

ここにやってきたのは、四月に孝太朗に案内されて以来だ。

「日凪太、少し歩くけど、付き合ってもらってもいいかな」

「おー。つか、そのために来たんだし」

「ありがとう」

以前来たときと同様、コンビニの角から真っ直ぐ進む。

大きな区画の先を左に曲がり、やがて見えてきた坂道を上っていった。

そのさらに先には、毎日のように通っていた美しい森——今は拓けた、新たな住宅街が広がっている。

夏の爽やかな風が吹き、日鞠の髪をさらりと撫でていった。

「二十一年前は、急な石階段があってね。上っていった先に小さな神社があったの」

「へえ。神社？」

「うん。おばあちゃんはその神社がとても好きでね。私もよくそこで遊んでたんだ」

祖母はそこに棲まう動物や植物のことを、よく日鞠に聞かせてくれた。

「昔暮らしてたこの街のことは、実はほとんど覚えていなかったの。奇跡的に孝太朗さんが連れてきてくれて、ここにまた来ることができたんだよね」

「ふうん。つまりあの人も、昔この街に住んでたってことか？」

「それは……どうなんだろ」

日凪太の疑問に、日鞠は目を瞬かせた。

思えば孝太朗とここを訪れたとき、スケッチブックの絵を見ただけでこの街を突き止めた。つまり、それだけこの街の光景に覚えがあったということだろうか。

持参していた件のスケッチブックをめくりながら、日鞠は首を傾げた。

「スケッチブックの絵で街探しねえ。日鞠姉らしいっちゃらしいけど、普通に考えて無謀だよな」

「はは。まああのときは、色んな意味で自棄になってたから……ん？」

「どうした、日鞠姉」

「しっ。静かに」

何かの鳴き声が、微かに聞こえる。

道沿いに歩いていくと、目立たない場所に小さな緑地があった。

「日鞠姉？」

「日凪太はここにいて」

スケッチブックを日凪太に渡し、緑地の中を進んでいく。

自然のまま伸びた草の中に、うごめく小さな影があった。

茶色の毛並みに、丸みを帯びた小さな耳。イタチのような身体に、カマにも似た鋭く長い爪がある。

「あなた……もしかしてカマイタチ？」

覚えのあるあやかしの名を口にした途端、シャアッと威嚇（いかく）するような声が上がる。

草陰から、同じような外見のあやかしが二匹現れた。どうやら日鞠を敵と認識しているようだ。

確かカマイタチは、刃物で切り裂かれたような傷を負わせるあやかしだ。もっとも血は出ないし、痛くもないらしい。

一説には三匹がひとまとまりで行動しており、一匹目が人を転ばせ、二匹目が切りつけ、三匹目が傷薬を塗り、去っていくという。

最初に見つけたカマイタチを見ると、草で作られた結び目に足を取られていた。

暴れ回ったからなのか、結び目が複雑に絡まっていて身動きが取れなくなっている。

「大丈夫だよ。私が解いてあげるからね」

地面に膝をつき、手を差し伸べる。

再び鋭い威嚇（いかく）の声が上がったが、日鞠は笑顔を向けた。

「大丈夫、大丈夫。少しだけ辛抱しようね」

日鞠の指が、絡まった草に触れる。

カマイタチの足が草で切れないように注意しつつ、ゆっくり丁寧に解いていった。

「はい取れた。これでもう大丈夫」

解放されたカマイタチは、ささっと脚元を前脚で擦ったあとクルリと一回転する。

そして近くで見守っていた仲間と合流し、三匹仲良く草むらの奥へと駆けていった。

胸を撫で下ろした日鞠は立ち上がり、後ろを振り返る。

「日鞠姉」

「わ！」

想像以上の至近距離に、日凪太が立っていた。

「びっくりした……向こうで待っててくれてよかったのに」

「そうはいっても気になるだろ。っていうか日鞠姉、今何かに話しかけてたよな」

「う、うん。でもそれは」

「もしかして――あやかし？」

日鞠の喉がひゅ、と鳴る。

日凪太にあやかしの話をしたことは、ただの一度もないはずなのに。

「もしかして、日凪太も見えるの？」

「見えない。でも、そうなのかなって思った」

「どうして……」

「母さんたちに聞いたから。小さい頃、日鞠姉はあやかしが見えてたんだって」

思わぬ話に、日鞠は目を見張った。

「日鞠姉を引き取ってすぐに入った幼稚園で、気の強そうな女子が周りに触れ回ってたらしいな。日鞠ちゃんは嘘つきだ、あやかしなんているはずがないって」

「……うん」

「あのときのこと、父さんも母さんもずっと引っかかってたみたいだぜ。自分たちは戸惑うばかりで、気づけば日鞠姉もあやかしの話をしなくなってた。もっと日鞠姉の話を聞いてあげればよかったって」

「っ……」

目の奥にじわりと熱がこもる。

あのとき自分が抱えていた葛藤(かっとう)を、結局両親にも背負わせてしまっていたのだ。

「でもさ。そういう悩みとか考えのすれ違いって、当たり前のことなんじゃねえの」

「え？」

「家族のことだからこそ、まるで自分のことのように悩んだり考えたりするんじゃねえのかよ」

草原に、清かな夏風が駆け抜ける。

「日鞠姉が、何かずっと遠慮してるふうなのは気づいてた。きっと、父さんと母さんも」

「そんな、遠慮なんて」

「俺のせいか？」

問いかけの語尾が震えていた。

日凪太の拳がぎゅっと握られる。

「俺が生まれたから。血の繋がった子どもが生まれたから。だから、そんな馬鹿な遠慮してたのか」

「日凪太」

「四人の中で、自分だけ血が繋がっていないから。だから日鞠姉、俺のせいで家にいづらくなって……！」

「違う！」

「違わねえだろ！」

「違うよ！　こっち見て、日凪太！」

両手で日凪太の頬を包み、ぐいっとこちらへ向かせる。

その瞳には薄く涙の膜が張られ、目尻はすでに小さく濡れていた。

ぎゅっと口を引き結ぶ日凪太の肩に手をのせ、力を込める。

「もう。泣き虫なのは相変わらずだね」

「……うっせーよ」

「日凪太のせいじゃない。ただ、私に勇気がなかっただけなんだよ」

引き取ってくれた両親から受けた愛情は、間違いなく本物だった。

それを素直に受け取れなかったのは、日鞠自身の問題だったのだ。

ありのままの自分を信じる勇気も、そんな自分を愛してもらう勇気も、いつの間にかなくしていた。

「自信がなくて、傷つきたくなくて……臆病だった。周りから浮かないように、迷惑をかけないようにいい子になって、弟からも好かれる姉になって」

「……」

「臆病な自分を知られる前に、家を出たの。大切な人たちの迷惑には、なりたくなかったから」

でもこの街に来て、そんな自分を許すことができた。

それは、すべてなくした日鞠を、ただただ包み込んでくれた人とあやかしたちがいたから。

「……日鞠姉は、ちゃんとすごい人じゃん」

ふいに、日凪太の拗ねたような声が聞こえた。

「日鞠姉は！　辛いことがあっても捻くれないで、いつもしゃんとしてて！　わがままな俺のことも笑って受け止める優しさだってある！　成績優秀で運動神経もいい！　それに俺、同級生に日鞠姉を紹介しろって頼まれたことが何度もあるんだぜ！　もちろん全員すっぱり断ったけどさあ！」

「は、え、そうなの？」

「そうなの！」

荒い息をゼーゼー吐きながら、肩を上下させる日凪太に、日鞠は目を丸くする。

「日鞠姉は、ちゃんといい女だろ。姉って立場じゃなけりゃ、きっと俺だって……」

「え？」

「……いや。なんでもない」

言いながら、日凪太が乱暴に頭をかく。

「でも。今こうやって日鞠姉が本音を話してくれたってことは、あのカフェの人たちに感謝しなくちゃな。きっと前の日鞠姉なら、困った顔して笑って誤魔化してた」

断言され、日鞠は情けなく眉を下げる。

弟が言うからには、きっとそうなのだろう。

「俺も父さんも母さんもさ。迷惑かけない完璧な長女に戻ってきてほしいんじゃないから。ただ、家族の一人の帰る場所になりたいだけ。そんなん、別に普通のことだろ」

「日凪太……」

「まあ、まだ考える猶予（ゆうよ）はあるし？　それまで返事は大人しく待つけど！」

ふう、と一息ついた日凪太が、視線を横に逸（そ）らす。

「俺らがそういう気持ちでいるってこと、日鞠姉も一応知っておけよな」

「……うん。ありがとう」

ここまで胸の内を晒（さら）した会話をするのは初めてで、照れもあるらしい。

居心地悪そうに頬を赤らめた日凪太は、手にしていたスケッチブックに目を落とした。

「あー。それにしてもアレだな。日鞠姉は本当に絵を描くのが好きだったんだな。この街の絵だって、描いたのはほんのガキの……、お？」

スケッチブックを眺めていた日凪太が、ふいに眉を寄せる。

「どうかした？　日凪太」

「……日鞠姉がこの草っ原に入っていくときに、このスケッチブックを受け取ったよな」

日鞠は頷（うなず）く。

「俺、そのときもこのページの絵を見たはずなんだけど。こんな動物、最初から描いてあったか？」

日凪太の指が示した先を見て、日鞠は目を剥く。

新緑の濃い森林と石積みの階段、子どもたちと黒い犬が描かれていたページ。

そこには——つい先ほど助けたあのカマイタチ三匹が、草陰から愛らしい顔を覗かせていた。

札幌のホテルに戻る日凪太を、北広島駅まで送る。

日凪太の乗る電車を見送ったあと、駅構内のベンチに座った日鞠は、スケッチブックと睨めっこを始めた。

改めて眺めていると、次々と不思議な点に気づく。

例えば、今開いたページ。

緑が生い茂る森と美しい川、女の子と黒い犬、そして初老の女性。

それが日鞠の記憶する、このページの絵のすべてだった。

しかし今は、わら笠を頭に載せた少年と愛らしい和装の少女も描かれている。

「このわら笠の男の子、豆ちゃんに似てる……？」

独りごちながら、ページをめくっていく。

民家、川べり、草原、田畑。

どのページにも、以前はなかったはずの絵が描き足されている。

それらは、日鞠が最近知り合ったあやかしたちの姿だった。

でも、一体誰が私のスケッチブックに？

あやかしの絵は、あとから描き足されたとは思えないほど、風景に馴染んだものだった。

拙い描き方もそうだが、使われた画材も恐らく同じものだろう。

それはまるで、幼い自分が元々そこに描いていたかのように思えるほどだ。

「どうしよう。一応、孝太朗さんにも話しておこうか……、あ」

ごく自然に出た名前に気づき、一人苦笑を漏らした。

日凪太が現れた日の夜以降、二人の間には、周囲に気づかれない程度のぎこちなさが漂っていた。

理由はよくわからない。そのことに日鞠自身戸惑っていたし、恐らく孝太朗も同じだった。

ただ時折頭をよぎるのは、日鞠への気遣いを含んだあの言葉。

――お前に帰ってきてほしいと言っているんだろう。

――俺たちへの恩義を足枷にするべきじゃねえ。

「『行くな』……なんて。孝太朗さんが言うわけないのにね」

そう呟いた瞬間に落ちてきたのは、一粒の涙だった。

ああ、もう駄目だ。

気づかないふりをしていた気持ちは、いつの間にかこんなにも膨れ上がっていたらしい。

「雨女さんだって、言ってたのに……」

孝太朗には、忘れられない人がいる。

雨女の紫陽花が問いつめたとき、孝太朗はその存在を否定しなかった。

そしてそれは、日鞠ではないとも。ちゃんと、知っていたはずなのに。

私――孝太朗さんに恋してる。

窓の外に広がる街並みは、徐々に茜色に染まっていった。


異変にはすぐに気づいた。

薬膳カフェ「おおかみ」は通常十八時閉店。

しかし十七時を回ったばかりの店の扉には、すでにCLOSEの札がかけられ、通りに面した窓にはロールカーテンが下ろされていた。

どうしたんだろう。何かあったのだろうか。

早足でカフェまで駆けていった日鞠は、ロールカーテンの隙間から中を確認する。うっすら照明が漏れている。まだ店内に人がいるらしい。

とはいえ正面切って中へ入っていいものかわからず、日鞠は建物の裏へと回った。建物の裏手には厨房に続く勝手口がある。そこから中の様子を窺うことができればいいのだが。

「嘘は嫌いだ——昔からそう言ってなかったっけ」

聞こえてきた声に、ぴたりと足が止まる。

類の声だ。見上げると、厨房奥の窓が少し開いていた。

「嘘を言った覚えはねえ。あいつの決めたとおりにすればいい。それは俺の本心だ」

「確かに本心だろうね。でも本音じゃあない」

「どういう意味だ」

「聞かなきゃわからない？」

心臓が嫌な音を立てる。

聞こえてくる声は、今まで耳にしたことがないほど冷たい響きをしていた。

「もしかしてまだ気にしてるわけ。二十一年前、初めて使った力のこと」

類の問いに、孝太朗は無言で返した。

「それはもう解決したじゃん。初日に、日鞠ちゃんをかつての街があった場所に案内したことで、そのことはもう」

「解決なんてしねえよ。もう二度と」

「孝太朗！」

「……スケッチブックから、あいつが描いたあやかしの姿がすべて消えていた」

再び、心臓が大きく震える。

背景と違和感なく溶け込んでいた、あやかしの絵。

あれはやはり、昔の自分が描いた絵だったのだ。

「俺の責任だ。あいつが拠り所として持っていけるはずだったものに、俺が手を出した。それだけじゃねえ。あいつは、この街のあやかしに関わることはほぼすべて忘れている。あいつのばあさんから語り聞いたはずの……魔法の薬草の話もだ」

魔法の薬草。その言葉に、先月の出来事が頭をよぎった。

文化ホールの近くでヨモギの葉を見つけたとき、孝太朗がふいに呟いた言葉。

ヨモギの話は、昔祖母に教えてもらっていたものだったのか。

でも孝太朗の手によって——その記憶が消えた？

「俺の本音なんざどうでもいい。一番大切なのはあいつの幸せだろう」

わからない。今二人が話している内容のほとんどが、まったく理解できない。だけど。

「俺のせいで、これ以上あいつの人生を狂わせるわけにはいかねえよ」


「――あれ。孝太朗さん、類さん。やっぱりまだお店にいたんですね！」


店の正面まで戻り、日鞠は勢いよく扉を開いた。

はっと息を呑んだ二人の表情に気づかないふりをして、店の中に入る。

「お店がもうクローズしてたので驚いちゃいました。閉店作業、私も手伝いましょうか」

「あ、ううん、大丈夫だよ。もうあらかた終わってるから」

すぐに調子を取り戻した様子の類が、笑顔で答える。

厨房（ちゅうぼう）に立つ孝太朗の表情はまだ硬かったが、日鞠は気にせず声をかけた。

「そうだ。孝太朗さん、類さん、ちょっと見てください。さっき私、すごい発見をしてしまったんですよ！」

「な……」

鞄から取り出したスケッチブックをめくり、二人のほうへ差し出す。

「孝太朗、これって」

「今日、出先で出逢ったあやかしです。別のページにも、ここに来てから出逢ったあやかしの絵が描かれていました。……このあやかしたち、もしかしたら昔の私が描いたものじゃないかと思うんです」

驚いた様子の二人に、日鞠は努めて明るく話す。

二十一年前、自分の記憶が左右される出来事があったのかもしれない。

それに孝太朗が関わっているのかもしれない。

でも、そんなことはどうでもいいのだ。

「私、もう一度出逢い直します」

真っ直ぐ告げた言葉に、孝太朗の瞳が微かに揺れた。

「他のページにも、まだたくさんの空白があるんです。きっとここにも、あやかしの絵が入るはずですよね。だから私、もう一度彼らと出逢い直したいんです」

「日鞠」

「きっと、まだ間に合いますよね？　お互いに忘れていても、これから新しい縁の糸を結んでいけばいいんですから。……そうですよね、孝太朗さん」

何か言いたげな孝太朗を制するように、日鞠は微笑む。

「それに——全部の絵を集め終えたら、日凪太への答えもちゃんと出せると思うから」

スケッチブックを静かに閉じる。

一歩、また一歩と進んだ先に立つ孝太朗を、日鞠は正面から見上げた。

「それで孝太朗さん。勝手は重々承知していますが、ひとつお願いがあります」

「……なんだ」

「この空白のあやかしたちを全部集め終えたら。私、孝太朗さんに伝えたいことがあるんです」

スケッチブックを抱える指先に、きゅっと力を込める。

ドキドキと高鳴る鼓動が身体中に響いて、声が微(かす)かに震えた。

「もしかしたら、孝太朗さんを困らせることになるかもしれません。困らせるどころか迷惑に思われるかも。でも、どうしても伝えたいことなんです。私にはとってもとっても、大切なこと、なんです……っ」

孝太朗は、日鞠に対し、必要のない負い目を感じている。

そんな状態のまま想いを伝えても、孝太朗の本音が聞けるとは思えない。

それでも、消えたあやかしたちの絵をすべて取り戻すことができれば、その負い目も少しは取り払うことができるはずだ。

「お願いします。絵を全部集めることができたらでいいんです」

「……」

「聞いて、もらえますか？」

「……ああ。わかった」

「っ、よかった……！」

返ってきた答えに、ほっと胸を撫で下ろす。

いつの間にか頬が熱くなっていたことに気づき、慌てて自分の手で冷ました。

想いを伝えたわけでも、受け入れられたわけでもない。ましてや孝太朗には、他に想い人がいる。それにもかかわらず、妙な達成感と高揚感が日鞠を包んでいた。

「え、えっと。それじゃあ私は、先に部屋に戻ります。類さん、閉店後に長々とお邪魔しちゃってすみません」

「……あー、そんなの、いいよいいよ」

俺のこと忘れられてるみたいだったけどねえ、という類の呟き(つぶや)は、日鞠の耳には届かない。

「今日は私が夜ご飯を作りますね。孝太朗さんはそれまでゆっくり休んでいてください」

「……ああ。頼む」

「まあ、今の孝太朗は、きっと料理どころじゃないだろうしねえ」

「え？」

「類」

「はいはい。無駄口たたきました。狐さんはもう黙ります。なんでもないでーす」

素早く答え、類がひらひらと手を振る。

日鞠はぺこりと頭を下げ、カフェをあとにした。

深く息を吐いて、吸い込む。

外の空気がやけに美味(おい)しい。目の前の風景がきらきら眩(まぶ)しい。

ああ——これが、恋をしてるってことなのだろうか。

きっともうすぐ儚(はかな)く散ってしまう、恋心。

それでも今この瞬間だけは、大切に抱えていてもいいだろう。

二階への外階段を上る間も、日鞠の胸はドキドキと弾んだままだった。

かつてスケッチブックに描かれていたあやかしたちと、再び出逢う。

決意したあとの日鞠の行動は早かった。

翌日、昼休みに入ると同時に、まかないも食べずに図書館へと走った。

館内である人物を見つけ、日鞠はすぐさま声をかける。

「二十一年前の北広島市に関する書籍、ですか」

「はい。できれば風景写真が載っていると、とても助かるんですが」

「もしよろしければ、書籍の用途をお聞かせ願えますか、日鞠さん」

静かにそう告げるのは、図書館職員の有栖だ。

眼鏡の向こうの瞳は相変わらず澄んでいて、黒のストレートヘアがさらりと揺れる。

書籍検索用のスペースへと移動し、有栖は日鞠の話を少しずつ聞き出していった。

「なるほど。日鞠さんが過去に描いた絵と合致する場所を調べたい、と」

「無茶なご相談ですみません。もちろんすべてのページじゃなくてもいいんです。何か手がかりになりそうな資料があれば……」

「今の日鞠さんが借りている図書数なら、あと八冊は貸出可能ですね」

「え？」

「しばらくお待ちを」

有栖はものすごいスピードで目の前のパソコンを操作していく。

「日鞠さんのお役に立ちそうな書籍をひとまず八冊、選ばせていただきました。他館にあるものは、最短で貸出できるよう手配しました」

「え、そんなことまでしてくれたんですか？」

慌てる日鞠に、有栖は小さく頷いた。

「あなたは大切な栞を見つけてくださった恩人です。このくらいのことはさせてもらわないと、私の気が済みません」

「有栖さん……」

「今日はカフェ勤務の日ですか？　よければ帰りに寄らせていただきたいなと思っていたんです」

「わあ、本当ですか？」

思わず声を弾ませた日鞠に、有栖はそっと目を細める。

「はい、そろそろまたあのカフェの薬膳茶が恋しくなっていましたから」

スケッチブックに描かれていた風景は、四季折々の姿だ。

そのうちの一ページ、黄金色の穂が揺れる田園地帯は、北広島駅から大曲地区に向かう通りに面していた。

今は夏のため、茎がふくらんだ緑色の稲が田んぼ一面に植えられている。

「うん。間違いない、ここだね」

スケッチブックと風景を重ね、ゆっくり頷く。

今日はカフェの休業日ということで、日鞠は朝早くからさっそく調査に乗り出していた。

とはいえ、単身やってきたわけではない。

「この辺りにいらっしゃるあやかしといえば、コロポックルどのや木霊どのですね。奥のほうには川が流れているのですが、そちらには小豆洗いどのがいらっしゃることもございます！」

てきぱきと説明するのは水色の着物にわら笠をかぶった、豆腐小僧の豆太郎。

「奥に長年放置された家屋があるのを忘れたか、豆腐小僧。そこには確か、屋根裏に家鳴りの親子が棲みついていたはずであろう？」

そしてその後ろから告げるのは、薄紅色の着物に和傘を差した、雨女の紫陽花だった。

「ありがとう豆ちゃん、雨女さん。二人ともこの街のことをよく知っているから、とても助かります」

「いえいえいえ！　他でもない日鞠どののお頼みです。たとえ火の中水の中とて、おともいたしますゆえ！」

「ふん。わらわは単に気まぐれの散歩代わりじゃ。別に貴様のためではないわ」

「ありがとうございます。傘、お持ちしますね」

「当然じゃ」

昨日は豆腐の納品日で、豆腐小僧がカフェを訪れた。

街中のあやかしたちに逢いたいのだと話すと、豆腐小僧は快く同行を引き受けてくれたのだ。

とはいえ、同じ森に棲む雨女の紫陽花も同行してくれたのは予想外だった。

てっきり日鞠は、雨女に嫌われていると思っていたのだが。

「お二人に無駄足を踏ませるわけにはまいりませんゆえ、まずはこのわたくしが周囲を窺ってまいります！」

豆腐小僧はそう言うと、下駄をカランと鳴らして緑が茂る林の中へ入っていった。

二人きりになった日鞠と雨女に、沈黙が落ちる。

雨女は、以前から孝太朗に好意を寄せていた。

初対面のときは否定した日鞠の孝太朗への想いの変化を、雨女にきちんと伝えるべきだろうか。

「……どうしてじゃ」

「雨女さん？」

「どうして此度の同行を、わらわでなく豆腐小僧に頼んだのかと聞いておる」

キッと見上げてきた雨女は、鋭い目をしつつも、どこか幼く見えた。

「そ、それは。豆ちゃんはうちのカフェにお豆腐を卸してくれておりまして、ちょうどお話しできる機会があったものですから」

「それなら豆腐小僧に文を持たせ、わらわに頼むこともできよう。それとも何か。わらわは頼るに値しない、名も浮かばない存在だとでも？」

「とんでもないです！　勝手ながら、雨女さんを頼ることも考えました！　で、でも今回の頼みごとは、その……」

「ふん。おおかた貴様も、あの麗しの孝太朗さまに惚れたのだろう」

「……へっ⁉」

ストレートな指摘に、咄嗟に取り繕うこともできなかった。

雨女を頼ることのできなかった理由が、まさにそれだったからだ。

「別に驚くことではない。あの御方はそれだけ魅力溢れる方じゃ。貴様のような凡人が心奪われるのも当然のことであろう」

「雨女さん……」

それを知った上で、日鞠の手伝いをするためわざわざここまで足を運んでくれたのか。

同じ森といっても、雨女らの棲む森からは距離もあるというのに。

「力を貸していただいて、本当にありがとうございます」

「礼などいらぬ。それに……貸しを作ったままでは、わらわの気も済まぬわ」

「貸し、といいますと？」

「……以前に豆腐小僧を通じて、絵を一枚送り届けてきたであろう！　あれじゃ！」

雨女の言葉に、そういえばと思いいたる。

雨女と孝太朗の姿に見とれ、思わず描いてしまった一枚の絵だ。

「受けた恩は返すべし。孝太朗さまからもよく言い聞かされておるからな」

「よかったです。もしかしたら迷惑だったかもしれないと思っていましたから」

「……あのような絵を贈られて、迷惑と思う者などいるわけがなかろう」

つんと顔を背ける雨女に、じわじわと愛しさが込み上げる。

紫陽花の花のように結われた丸いお団子。拗ねたように丸く膨らんだ桃色の頰。

ああ可愛い。なんて可愛いんだ、このお姫様は。

「日鞠どの、雨女どの！　どうぞこちらへ！　今！　まさに小さな小さなコロポックルたちが、行列を作っておいでです……！」

カラン、と下駄の音を弾ませて、豆腐小僧が帰還する。

どうやらコロポックルというあやかしは人に姿を見せたがらず、逢える機会はかなり稀らしい。

「ありがとう、豆ちゃん。それじゃあ雨女さん、行きましょうか」

「傘はもういい。仕舞え。それと……」

「はい？」

「わらわのことも、名で呼ぶことを許可してもよいぞ」

「……はい！　それじゃあ行きましょう、紫陽花さん」

先導する豆腐小僧と雨女に続き、日鞠も森の奥へと進んでいく。

目の前に揺れる、ふたつの小さな背中。

もしかしたら二十一年前には、幼い自分も同じくらいの大きさだったのかもしれない。

記憶がなくとも、今再び出逢えた縁（えにし）の糸に、日鞠は密（ひそ）かに感謝した。


そしてまた翌日。

「へええ。知らねえうちに、めちゃくちゃ楽しそうなことになってんじゃねえか」

「私にとってはとても真剣なことですよ」

そう窘（たしな）めるも、浮遊する鬼のにやけ顔は変わらない。

夜が更（ふ）けた帰り道、日鞠は茨木童子と連れ立って歩いていた。

駅が近くなると車も何台か通るが、街灯以外は明かりのない夜道だ。

「お前を実家に連れ帰りたい弟と、お前をこの街に留めたい狼野郎の攻防戦ってことだろ？

いいねえ、いつも余裕なあの面を引き剥がせそうでよ」

「あのね茨木童子さん。孝太朗さんは別にそんなこと言ってませんから。ただ私が、実家に戻るかこの街に留まるかを迷っているだけで」

「んだよ。お前、実家に帰りたいのか？」

「……わかりません。ただ、このままじゃ私、一生家族と向き合えない気がするんです」

この街にいれば、間違いなく幸せで穏やかな日々が送れるだろう。

しかし、家族とのすれ違いは解消できない。

あの家を出ようと躍起になっていたのは、家族に幸せになってほしいからだ。

自分の家族が大好きで、大切だから。

「その大切な家族サマと天秤にかける、か。どうやら俺の忠告は、まるっと無視されてるみてーだな」

「え？　忠告って」

「前に言っといたはずだぜ？　あれはやめとけってな」

「あ……」

にやり、と茨木童子の鋭い歯が覗く。

どうやら、孝太朗への想いに気づかれてしまったらしい。

「わざわざあやかしの男にいくかねえ。それもあんな面倒な奴によ」

「面倒でもいいんです。そんな孝太朗さんに惹かれたんですから」

それにきっと、自分の想いが通じることはないだろうから、と心の中で付け加える。

「まあ、あやかしと人間が子をなす例はそう珍しくもねえがな」

「な……っ！」

突拍子もない発言に、日鞠は頬を真っ赤に染める。

「精々頑張れや。俺としてはお前がここに住みついたほうが、色々退屈しねえけどな」


「ただいま帰りました」

「日鞠」

少し控えめに発した帰宅の言葉に、すぐさま反応があった。

キッチンにいたらしい孝太朗が、わざわざ玄関まで出迎えてくれる。

「孝太朗さん。すみません、思ったより遅くなりました」

「いや。聞いていた帰宅時間より遅くない」

相変わらず感情の読めない孝太朗だが、微かに安堵の色が窺えた。

夜に出歩くことに、やや難色を示していた孝太朗だ。

ましてやあやかしたちに出逢うための外出。

もしかしたら想像以上に気を揉ませてしまったのかもしれない。

申し訳ない。それでも、気にかけてもらえるのは嬉しい。

恋する心はなかなか複雑だ。

「飯は食べてくると言っていたな。ココアでも飲むか」

「あ、大丈夫です。私が自分で淹れますよ……！」

「いい。俺の分を淹れるついでだ」

キッチンへ戻った孝太朗がふたつのマグカップを並べ、湯を沸かしはじめる。

厚意に甘えて自室で部屋着に着替えたあと、日鞠はキッチンへ向かった。

黒のカットソーにダークグレーのスウェット。

もう見慣れたはずのリラックスした孝太朗の服装に、胸がぎゅっとなる。

「入ったぞ」

「ありがとうございます」

笑顔でダイニングの席に着いた。

ほかほかと湯気の立つマグカップに手を添え、指先を温める。

「外、危ない目に遭わなかったか」

「はい。今日も無事、あやかしたちに出逢うことができました。ほら、このページです」

開いたのは旧島松駅逓所という国指定史跡の建物が描かれたページだった。

「木造の駅逓所だったんですが、今は期間限定のライトアップがされていたんです。辺りに広がる森の木々も綺麗に照らされていて、とても素敵でした」

「そりゃよかったな」

「はい。そのライトアップが気になったのか、森のあやかしたちも少し顔を見せてくれたんです。茨木童子さんの姿を見ると、みんなびっくりしていったん隠れてしまいましたけどね」

「……茨木童子と一緒だったのか」

「はい。私から頼んで、今夜の外出に付き合ってもらったんです」

「へえ」

「……」

「……」

あれ、なんだろうこの変な沈黙は。

ココアの甘い香りだけがゆらゆらとダイニングに漂う。

そっと様子を窺うと、孝太朗は伏し目がちにぼうっと視線を落としていた。

「孝太朗さん、もしかしてお疲れですか」

「あ？」

「終日勤務でしたもんね。それなのに、わざわざ出迎えてもらってココアまで……ありがとうございます」

　こんなさりげない優しさを、あと何度受け取れるだろう。

　感傷的になりそうだったのを振り払い、日鞠は笑みを浮かべた。

　残りのココアを飲み終え、マグカップを手にシンクへと立つ。

「片付けは私がやりますね。もうお風呂は入りましたか？　まだなら今沸かしてきますから、先にゆっくり入って……」

　続く言葉が、ぷつりと途切れた。

　マグカップを持つ手とは逆の指先に、無骨な温もりが触れる。

「孝太朗、さん……？」

「他の男と、夜に出歩くな」

「え」

「俺がいるだろう。今度からは、俺が行く」

　ほんの僅かに、孝太朗の指先に力がこもる。

ただそれだけのことで、日鞠の心臓の辺りがじんと熱くなった。

「あ、でも。孝太朗さんは基本、夜まで仕事がありますし」

「閉店後に動けば問題ねえだろ」

「そ、それに！　今回のことは孝太朗さんに頼らないで、私一人でやろうって決めてるので……！」

「そもそもスケッチブックの件の元凶は俺だ。本来、俺が動くのが道理だろ」

「え、ええ……？」

いつの間にか席を立った孝太朗に、徐々に距離をつめられていく。

一度意固地になった孝太朗を説得するのは至難の業（わざ）——というのは、幼馴染み（おさななじみ）の狐さんに聞いた話だ。

「わかったな」

「えと、でも」

「返事」

「っ……はい！」

「よし」

自分のマグカップをシンクに置き、孝太朗は浴室へ向かった。

風呂を沸かすときの電子音を耳にしながら、日鞠は密(ひそ)かにため息をこぼす。

「惚れたほうが負け、かあ」

燻(くすぶ)っている指先の熱をそっと胸に抱き、日鞠はシンクにしばらく寄りかかっていた。


「日鞠ちゃん。今日は孝太朗と二人であやかし探しに行くんだって？」

ランチタイムのみで営業を終えた翌日、日鞠と類は揃(そろ)って閉店作業を進めていた。

レジ締め作業、店内清掃のあと、窓にかかるロールカーテンを下ろす。

「はい。私があちこち忙(せわ)しなく動き回っているのを、孝太朗さんが見かねてしまったようで」

「……うーん。絶対、それだけじゃないような？」

首を大きく傾(かし)げた類だったが、「それはそうと」とすぐに頭を上げた。

「問題のスケッチブックだけど、どこまで元に戻ったの？」

「ふふ。実は結構賑(にぎ)やかになってきてるんですよ。ほら」

日鞠はレジ棚に置いていたスケッチブックを開く。

パラパラとめくった街の風景には、あやかしたちの姿がいくつも戻ってきていた。

中には警戒してなかなか姿を見せないあやかしもいたが、協力してくれたあやかしの皆の口添えもあり、最後にはちらりと顔を見せてくれている。

出逢ったからといって昔の記憶が戻るわけではない。

それでも、昔の自分にはこんなにたくさんの友人がいたのだと、嬉しく思う。

「孝太朗は、二階で着替え中だっけ」

「そうですね。そろそろ降りてくると思います」

「……日鞠ちゃんはさ。孝太朗のことを好いてくれてるんだよね？」

類の声のトーンが、微かに変わった。

冗談やからかいの意図がないことを、日鞠は敏感に察知する。

「……はい。そうです」

「だよね。でもごめん、今から少し意地の悪い話をするよ」

向けられた眼差しに、ゆらりと妖しい光が宿る。

日鞠は無意識に、手をぎゅっと握り込んだ。

「今、日鞠ちゃんが孝太朗を想う気持ちは本物だと思う。でも、先のことは誰にもわからないよね。もしかしたら愛想を尽かすかもしれないし、他にもっと惹かれる相手が見つかるかもしれない」

「……確かに。そういったことがないとは言い切れません」

「そのときが訪れた場合。もしかしたら君は、記憶をまた失うかもしれない。孝太朗のことや、この街に関することも……何もかも」

告げられた言葉を何度も反芻する。

記憶を、失う？

孝太朗さんのことも、この街のことも、ここで過ごしたすべてのことを？

「孝太朗の力はね。俺たちや他のあやかしとは少し違うんだ。時に自分で制御できないような、無尽蔵の力が眠ってる。二十一年前に君の記憶の一部を消してしまったのも、それが原因だ」

「無尽蔵の、力……」

「そう」

類の眼差しは、一瞬も逸らされることなくこちらに注がれる。

「孝太朗の隣にいるのと普通の人間の男の隣にいるのは、同じようで、まったく違うんだ」

いつも物腰が柔らかく聡い彼だからこそ、意味は充分に理解できた。

君にその覚悟はあるのか――と。

「ごめんね、厳しいことを言って。君を悩ませたいわけじゃないんだけど」

「……いいえ。話してくれてありがとうございます、類さん」

深く頭を下げたあと、日鞠は笑みを浮かべた。

「おかげで覚悟ができました。今度こそ、大切な記憶を手放さないための覚悟が」

日鞠の返答に、類は目を瞬（またた）かせた。

「もう二度と、何があってもみんなとの記憶はなくしません。私だって大人になりましたからね。二十一年前と同じようにはいきませんよ？」

「日鞠ちゃん」

「だから大丈夫です。私も、孝太朗さんも」

「……うん。きっとそうだろうって、俺も思ってる」

ようやく見られた馴染（なじ）み深い類の笑顔に、日鞠もつられて大きく笑った。

「わあ、すごい綺麗……！」

日が傾きだした時分に訪れた先は、北広島市の西部にある輪厚（わっつ）地区。ＩＣ（インターチェンジ）近隣にある、広大な草原の一角だ。

スケッチブックと同じ位置に、奥まった森林と一本立ちの木が見える。タンポポとシロツメクサが咲いている、天然の花畑だ。

「残り二ページのうちのひとつだな。今日は天気もよくて散策にはちょうどいい」

「こんな素敵な場所なら、確かにあやかしたちも集っていそうですね。思わず寝転がってお昼寝しちゃいそうです」

「眠りこけたら、そのまま置いて帰るぞ」

「ふふ、気をつけます」

道脇の排水溝をひょいと飛び越え、草原の中を進んでいく。

ここでは一体どんなあやかしと出逢えるだろう。

日差しの気持ちいい場所だから、晴れの日が好きなあやかしかもしれない。あるいは花好きなあやかしか。

日鞠は、その場に屈んでタンポポをいくつか丁寧に摘み取った。

「どうした」

「タンポポで、花の王冠を作ろうかと思ったんです。野草入りのクッキーも持っていますが、これもあやかしたちとのお近づきの印に」

「作れるのか？」

まじまじと日鞠の手元を眺める孝太朗に微笑み、タンポポ同士をさくさくと繋いでいく。

タンポポはあっという間に六本続きになった。

「こうやって繋げていって、最後は端と端をうまく巻きつけるんです。あやかしの大きさにもよりますけれど、あと三本くらいでしょうか」

「器用なもんだな」

タンポポの青い香りをはらんだ風が、柔らかく流れる。

感心したように手元を見つめる視線に、日鞠は徐々に気恥ずかしくなってきた。

「そ、そういえば。タンポポって昔は春先にしか見ませんでしたけれど、今は夏にも普通に咲いていますよね」

「昔、春によく見たのは在来タンポポだ。今咲いているのはセイヨウタンポポだな。総苞片ってところが反り返っているかどうかで一応の見分けがつく。最近は交雑種も多いがな」

「さすが孝太朗さん。野草博士」

「大したもんじゃねえよ。全部、先人からの受け売りだ。この自然で生きていくための」

立ち上がった孝太朗が、ゆっくりと辺りを見回す。

その姿は力強くも儚くも見えて、日鞠の胸を震わせた。

孝太朗の瞳は、この世界のすべてを見据えている気がする。

それももしかしたら、類のいう「無尽蔵の力」のせいだろうか。

「はい。できました！」

沈黙を切り裂くように声を張り、日鞠も立ち上がる。

孝太朗の手を強めに引いたあと、目一杯その場につま先立ちをした。

「……おい」

「よかった。目測でしたがぴったりですね」

満足げに頷く日鞠に、孝太朗は物言いたげな表情を浮かべる。

今しがた編み上げた花冠は、孝太朗の頭にぴたりと収まっていた。

「ここにいるあやかしのために作ったんじゃねえのか」

「いいじゃないですか。似合ってますよ、孝太朗さん」

「似合ってたまるか」

花冠が、孝太朗の頭から抜き取られる。

次の瞬間、それは日鞠の頭に収まっていた。

「え……」

「こういうのは、お前みたいな奴のほうが似合うもんだろ」

若干ゆとりのある冠がずり落ちそうになり、咄嗟に両手で支える。

ツバの大きな帽子でもかぶっていたらよかった、と日鞠は思った。

それなら今すぐに、熱くなった頬を隠すことができるのに。

「んな、わかりやすく照れるな」

「無理です。照れます……」

期待したら駄目だ。

でも悲しいかな、自分は彼のこんな無自覚な優しさに惚れたのだ。

「孝太朗さんってば、本当に優しいですね」

「あのな。優しさだけで、俺がこんなガラじゃねえことを――」

不自然に言葉が途切れる。

ガバッと顔を上げて集中し出した孝太朗に、日鞠は目を見張った。

「孝太朗さん？」

「……日鞠。弟に電話をしてみろ。今すぐにだ」

どうして、と尋ねられる空気ではなかった。

孝太朗の硬い表情と口調に、日鞠は言われたとおりスマートフォンから電話をかける。

「……繋(つな)がりません。電源が入っていないみたいで……」

「どうやら謀(たばか)られたな。さっきからおかしいとは思っていたが」

孝太朗は鋭い眼差(まなざ)しで辺りを見回す。

「普段なら姿を見せるはずのあやかしがいねえ。それこそ、お前の花冠にすぐさま反応しそうな奴らが、一匹もな」

「それって……ここにいたあやかしたちに、何かあったということですか？」

「いや違う。むしろ逆だ」

「逆？」

見上げると、孝太朗は静かにまぶたを閉じていた。

長いまつげは微動だにせず、神経を集中させているのがわかる。

邪魔にならないよう息を詰めていると、孝太朗のまぶたがゆっくりと開いた。

「あいつら――日凪太に手を出しやがったか」


孝太朗に連れられていった先は、思い出の神社の跡地だった。

数日前に日凪太と訪れた場所。今はすでに住宅街として拓かれたはずのそこで、日鞠は呆然と立ち尽くす。

「どうして、この階段が……？」

眼前には、二十一年前に通い親しんだ神社に続く石階段がはっきりと現れていた。

夕暮れに傾く中で階段は橙色に染まり、周囲の木々の葉はきらきらと光を反射させている。

確か街を訪れた初日にも、この風景を目にした。

やっぱりあれは白昼夢じゃなかったのか。

「今夜は新月だ。闇が深く、あやかしの力が強まりやすい。特に、昔あやかしの集う場所でもあった、この神社跡にはな」

「あやかしの集う場所……ここに、日凪太がいるんでしょうか」

胸元でぎゅっと両手を握る。

今まで出逢ったあやかしたちは、それぞれ異なる主義主張はあれど、比較的温厚だった。しかし、そうでないものも存在することは当然理解している。それは人間とて変わりない。

日鞠を探すため北の大地まで会いに来てくれた、大切な弟。

日凪太にもしものことがあれば、自分はどうすればいいのだろう。

「大丈夫だ」

視線は前に据えながら、孝太朗の手が日鞠の頭をそっと撫でる。

「妙な手出しはさせねえよ。日凪太にも、お前にも」

「孝太朗さん……」

強い意志をはらんだ横顔に、胸がぎゅっと苦しくなる。

「行くぞ」

「はい」

孝太朗に続いて、石階段に足をかける。

石階段を包むように茂る木の葉が、さわさわと擦れる音がする。懐かしい青い香りに包まれながら、二人は階段を上りきった。

思い出の神社が静かに姿を見せる。灰色の石畳と砂利道のある境内。以前咲いていた桜は散り、健やかな葉をたくわえた木々が辺りを囲んでいる。

周囲は夕焼けでオレンジ色に染まり、西日が頬に照りつけていた。

「日凪太……っ」

駆け出した日鞠は、周りをくまなく確認して回る。しかし、人っ子一人いなかった。

やけに静かな空間に、駆け回ったあとの吐息だけが響く。

「孝太朗さん、どこにも見当たりません。もしかしたらこの奥の森にいるのかも……」

「日鞠、俺の後ろにいろ」

境内の一角をじっと凝視していた孝太朗は、前方に右手をそっと差し出す。

次の瞬間、目には見えない透明な波動が、その手から放たれたのがわかった。

反動で返ってきた僅かな風に、日鞠は咄嗟にまぶたを閉じる。

そっと目を開けると、辺りの風景がじわじわと溶けていき、真の風景が姿を見せた。

「『他人様に迷惑をかけるな』――そう、昔から何度も言いつけたはずだが？」

「あ……！」

現れたのは、姿形も大小様々な、数多のあやかしたちだった。

境内の隅におしくらまんじゅうをするように集まり、ある者は怯え、ある者は驚き、ある者は困った表情を浮かべている。

孝太朗が一歩踏み出すと、彼らは一様に身体をビクッと揺らした。

「舐められたもんだな。こんな急場しのぎの結界で見逃してもらえるとでも思ったか」

「ど、どうして孝太朗さまがここにっ？」

「さては誰か情報を漏らしたか」

「お前か」

「お前だろう」

「あのな。お前らが集会を開く場所は、大概この神社跡だ。バレたくなけりゃ、いい加減別の場所を開拓しろ」

「なるほど」

「ごもっとも」

「名推理ですな」

「さすが孝太朗さまじゃ」

「孝太朗さま万歳っ」

「え、ええっと……?」

なんだろう。覚悟していた展開と、だいぶかけ離れている。

孝太朗とあやかしたちはどうやら顔馴染みらしく、やりとりもどこか打ち解けている。

和やかささえ感じる空気に目を瞬かせていると、「日鞠姉?」という声がかかった。

「やっぱ日鞠姉だ。もしかして日鞠姉も、こいつらに連れてこられたのか?」

「日凪太!」

あやかしたちの陰からひょこっと顔を見せた日凪太に、日鞠は慌てて駆け寄る。

地面に敷いた座布団に座る弟の無事を確認し、無我夢中でその頭を胸に抱いた。

「お、おい……!」

「よかった! 日凪太!」

抵抗する弟に構うことなく、日鞠は腕の力を強める。

「連絡もつかなくて、何かあったんじゃないかって、すっごく心配したんだよ……!」

「……んだよ。自分は連絡寄越さず、一人で北海道まで来たくせによ」

照れくささを滲ませた憎まれ口に、日鞠は涙を浮かべながら苦笑する。

よかった。どうやらかすり傷ひとつないようだ。

なぜここにいるのか理由を尋ねると、日凪太は眉間にしわを寄せながら首を傾げた。

「それがよく覚えてねえけど。日鞠姉のカフェに行こうとして電車に乗っててさ。もうすぐ北広島駅に着くってところで記憶が飛んでる。気づいたらこの神社の前だ」

「それってつまり……」

「この街に入ったと同時にこの人間を攫った――そういうことか、お前たち」

振り返ると、黒いオーラを漂わせた孝太朗が仁王立ちしていた。

数多のあやかしたちは、しょんぼりと頭を垂れて綺麗に正座している。

なかなかシュールな光景に、日鞠はどうしたものかと目を瞬かせた。

「どうやら俺も買いかぶりが過ぎたようだな。約定を違える者がここまで溢れていたか」

「お、お、お許しくださいませ孝太朗さま！」

「我ら、決して遊びでこの者を攫ったわけではございませぬっ」

「もちろん、危害を加えようとは毛頭考えておりませんで……！」

「孝太朗さん。確かに日凪太は、なんの被害も受けなかったようですよっ？」

あやかしたちがペコペコ頭を下げる様子に同情し、日鞠は咄嗟に助け船を出す。

「あー。俺からも一応言っておくと、攫われたこと以外はまあまあ丁重に扱われたと思うぜ。座布団出されたり、冷たい茶を出されたりして。まあ、あちこちから聞こえる声は若干迷惑だったけど」

「日凪太、声っていうのは？」

「四方八方からひっきりなしに聞こえてたんだよ。『孝太朗さまは素晴らしい御方だ』とか『孝太朗さまに自分たちは何度も助けられた』とか『だから安心して姉上を孝太朗さまに娶(めと)らせるがいい』とか。どこぞの『孝太朗さま』を褒め称える声がな」

「め、娶(めと)らせ……!?」

日凪太の言葉に、日鞠は顔を真っ赤に染めた。

「待ってください！　皆さんどうしてそんなことをっ」

「もちろん、理由は決まっております！」

「孝太朗さまはあなたさまがいらしてから、とても表情穏やかでおられる様子！」

「孝太朗さまの幸せは我々の幸せ！」

「なのでここは、あなたさまを連れていこうとする者に孝太朗さまのよさを知っていただこうと！」

「そうすれば必ずや、あなたさまがこの地に留まることを了承し、孝太朗さまもお喜びになるであろうと！」

「てめえら……」

嬉々(きき)として説明するあやかしたちに、孝太朗が青筋を浮かべた。

要するに何かを勘違いしたあやかしたちが結託して、孝太朗の人となりを日凪太に伝えようと試みた、ということだろうか。

「俺にはあやかしの姿は見えねーけど。声から察するに相当な数の奴らが集まってるんだろ？　随分と慕われてるみたいだなあ、孝太朗サン？」

「もう！　慕われているのはそうだとしても、今回のことは孝太朗さんとは直接なんの関係もないんだから！　そうですよね、孝太朗さん！」

「……」

「……孝太朗さん？」

にやにやとからかいを含んだ日凪太の言葉に、なぜか孝太朗は押し黙った。

「こらそこ！　軽口を叩くでないぞっ」

「この御方は、本来お主が気やすく話せる御方ではないのじゃ！」

「そうだそうだ、なにせこの御方は……！」

「――口出しは無用」

地を這うような声により、あやかしたちが再び静まる。

しばらくまぶたを閉じていた孝太朗が、ゆっくりと目を開いた。

「関係は、あるな」

「えっ」

「今回のあやかしたちの所業は、すべて俺の責任だ。ここに集うあやかしたちを代表して俺が詫びさせていただく。本当に申し訳なかった」

思いがけない孝太朗の発言に、日鞠はもちろん皮肉を吐いた日凪太も目を丸くする。

「いや……別にいいけど。こいつらが勝手にやったことで、あんたの責任じゃないだろ」

「それは違う。俺の監督不行き届きが招いた結果だ」

「孝太朗さん……？」

呼びかけた日鞠に、孝太朗が視線を寄越す。

哀しみにも諦めにも取れる色をまとった眼差しに、胸がざわついた。

次の瞬間、闇が深まる森の中を一筋の風が吹き抜ける。

風は孝太朗を包むように渦を巻き、やがて淡く白い霧を生み出す。

その中で変化していく孝太朗の姿に、日鞠は目を剥いた。

孝太朗の髪が波打つように風になびくたび、艶やかに長さを変えていく。

腰まで伸びた髪に呼応するように現れたのは、天を衝くような狼の耳と黒く長い尾。

服はいつの間にか金の刺繍がちりばめられた着流しとなり、まるで星空のように輝く。

そして深い漆黒だった孝太朗の瞳は、満月のような黄金色に染まっていた。

「この地の人ならざる者が引き起こした異変は、統括者たる俺の責任」

すっかり姿を変えた孝太朗は、躊躇（ちゅうちょ）なくその場に跪（ひざまず）き、深く頭（こうべ）を垂れる。

「この地を治める――この山神に、すべての責がある」


厳（おごそ）かに告げられた孝太朗の言葉に、日鞠は小さく息を呑んだ。

気高い獣と高貴な人間の双方を織り交ぜたような姿。跪（ひざまず）いていても感じられる、眩（まばゆ）いほどの神々（こうごう）しい空気。

この地を治める、山神――孝太朗さんが？

「……は？　山神？　山の神ってことか？　って、あんたが？」

「ああ。そうだ」

「ええ……待て待て。あんた、冗談言うタイプには見えねーんだけど？」

「冗談ではない。あいにく俺は嘘（うそ）が嫌いでな」

二人の会話に、背後に控えていたあやかしたちが慌てた様子で割って入った。

「孝太朗さまっ」

「なぜわざわざそのご身分をお明かしに！」

「今回のことは我々の独断！　山神さまには一切責任はございませぬ！」

「いや、そもそもこの騒動は俺が原因だった。正体を見せずに謝罪することは義に反する」

「ですが！　もしもあなたさまのことが世間に知られれば一大事でございます！」

「今からでも遅くありませぬ！」

「すぐにこの者たちの記憶を消して……！」

「人の記憶に触れることはしねえと決めている。二十一年前からな」

「孝太朗さん……」

言葉に込められた意味を察し、胸がじんと熱を帯びる。

同時に、孝太朗が正体を明かしたことの重大さが嫌でも理解できた。

もしも孝太朗の正体がいたずらに広まれば、今までどおりの生活には戻れない。

「日凪太。今回の一連の出来事も俺の正体も、すべては貴殿の一存に任す。被害を訴えるのも世に暴くのも自由だ」

「……」

「日凪太、あのね。孝太朗さんは……」

「……いいのか？」

張り詰めた空気の中、日凪太の問いかけが響く。

「こんなふうに姿を変えて、獣耳を生やして、山神とか名乗ってるけど。いいのか？　日鞠姉」

「えっ」

「それでも日鞠姉のこの人に対する気持ちは……何も変わらねえのかよ？」

思いがけず向けられた問いに、日鞠ははっと息を呑む。

困惑する中でも状況を受け入れて、自分の背を押そうとしている。そんな弟の優しさに気づき、日鞠は笑顔で頷いた。

「……うん。変わらないよ。私の気持ちは何ひとつ」

どんな姿になっても変わらない。孝太朗は孝太朗のままだ。

日鞠の答えに、孝太朗が目を見開く。

「そんなら、部外者の俺がとやかく言うことじゃねーよ。姉の雇用主が人間だろうと山神だろうと、給料さえきちんと払ってもらってるならな」

「……だそうです。孝太朗さん」

微笑みを浮かべた日鞠が、跪いたままの孝太朗に手を差し伸べる。

「日鞠……」

差し出した日鞠の手に、孝太朗の手がそっと触れる。

「帰りましょう。私たちの家に」

「……ああ。そうだな」

孝太朗の口元に、ようやく小さな笑みが浮かぶ。

背後では数多のあやかしたちが、安堵と歓喜の声を上げていた。

神社の幻影が消える頃、孝太朗の姿はすっかり元に戻っていた。

「座ってろ。今、飲みもん淹れてくる」

「あ、はい……」

日凪太を北広島駅まで送り届けたあと、二人は帰路についた。

二階の自宅ではなく一階のカフェに入った孝太朗は、そう言い残して厨房へと姿を消す。

ソファー席に着き、日鞠は密かに息を吐いた。

つい先ほど明かされた真実。

まさか孝太朗が山神だなんて、夢にも思わなかった。

しかし、事実が明かされたことで様々な疑問が解けた。

この街のあやかしが一様に孝太朗へ尊敬の念を見せるのはなぜか。

過去に悪事を働いた茨木童子に対し、罰を与えられたのはなぜか。

日鞠の過去の記憶を消すことができるほどの力を持っていたのはなぜか。

窓の外に視線を向けると、すでに星が瞬いている。

厨房から食器のぶつかる控えめな音が届き、茶の香りが漂ってきた。

木製のトレーに載せられて運ばれてきたポットに、日鞠は目を見張る。

「孝太朗さん、このお茶は……？」

透明なポットの中には、見たことのないお茶が揺れていた。

「八宝茶だ。その時々で選んだ八つの食材で作る、薬膳茶のブレンドみたいなもんだな」

「わあ、なんだか贅沢なお茶ですね」

彩り豊かな材料がゆらゆらと漂っていて、日鞠の胸が躍る。

大きな丸い実がナツメ、白い花が菊、紫色の実がレーズン、薄くスライスされた果物が桃、赤色の実がクコの実、細かく削られた薄茶色の欠片がクルミ、鼻孔をくすぐる甘い香りはハチミツ。薄く色づく黄緑色からするとベースは緑茶——だろうか。

孝太朗が選び抜いた食材で用意された、特別な薬膳茶。

まるで宝箱のようなお茶をカップに注ぎ、日鞠はゆっくり飲んだ。

「はあ……美味しいです、すごく」

「俺が淹れたからな」

対面席に座った孝太朗からは、いつもどおりの台詞を返された。

温かな薬膳茶が身に染みて、安堵の吐息が漏れる。

奥深い味わいに浸っていると、孝太朗の視線が真っ直ぐ注がれていることに気づいた。

「孝太朗さん？」

「……さっきは悪かったな。驚かせただろう」

いつもより心許なげに告げられた言葉に、日鞠は目を瞬かせる。

「いいえ。驚きはしましたが、謝られることではないです。確認なんですが、つまり孝太朗さんは狼の血を引くあやかしではなく、山神だった……ということですよね？」

「いや、そっちも間違いじゃねえ。狼の血を引く一族で代々山神の地位も継いでいる、といったほうが正しい。それがきっかけでお前の弟にも迷惑をかけた」

「日凪太はもう許していますよ？　それに、誰にでも正体を包み隠さず明かすなんて、普通に考えて無理な話です」

話しながら、日鞠は先ほど見た孝太朗の姿を思い返す。

黒い耳と尾を生やし、艶やかな長髪をなびかせ、黄金色の瞳に着流し姿で現れた山神。

凛とした態度であやかしたちの非を詫びる様はとても美しく、日鞠の胸は高鳴っていた。

「あのときの孝太朗さん……とても格好よかったです」

「は……」

「ふふ、この話はおしまいです。もう気にしないでくださいね」

言いながら、自然と日鞠の顔が綻ぶ。

まだほんのり湯気の立つティーセットの向こう側で、孝太朗ががしがしと頭をかいた。

「お前の趣味は、時々本気でよくわからねえな」

「そうですか？」

「ああ。でも」

言葉を区切り、漆黒の力強い瞳が日鞠を捉えた。

「そういうお前の素直さが眩しくて……ひどく、愛しい」

「っ……」

思いがけない言葉が、胸を甘く締めつける。

喜びに浸りそうになるのを、日鞠はすんでのところで振り切った。

「駄目ですよ孝太朗さん。そんな、女性を勘違いさせるようなことを言ったら」

「あ？」

「孝太朗さん、言っていたじゃありませんか。ずっと忘れられない、大切な女性がいるって」

拗ねた口調にならないように、細心の注意を払う。

わけがわからないという表情のあと、孝太朗は「ああ」と漏らした。

「そりゃ、紫陽花との話に出たアレか」

「そ、そうです。そのアレですよっ」

「あれは、お前のばあさんのことだ」

しばし、沈黙。

「………へ？」

「あの人も、もともとあやかしを見る力があったんだよ。人とあやかしの狭間で生き方を探しあぐねていた俺を、よく助けてくれた。……優しい人だった」

聞けば、あやかしの世界での生き方も野草や薬膳の知識も、日鞠の祖母から教わったのだという。

確かに、二人の知識には通じるものがあると感じてはいた。

でもまさか孝太朗の知識が、自分の祖母直伝だったとは思わなかった。

「あの人がいなけりゃ、今俺はどんな生き方をしていたか想像もつかない。そんな存在だ」

「そ、そうだったんですね……」

「誤解は解けたか？」

にやりと笑う孝太朗に、頬が熱を帯びる。

「もう。その誤解のせいで、人がどれだけ悩んだと思ってるんですか」

「それは悪かったな」

孝太朗は笑みを消し、伏し目がちに話を続けた。

「……お前のばあさんが死んだとき、この街のあやかしたちはひどく混乱した。その直後、お前が遠戚に引き取られることも知った。当時のお前に自覚はなかったろうが、ばあさんと連れ立ってあやかしと交流していたお前もまた、あやかしたちの拠り所だった」

「そう、だったんですか？」

「そんな中、あやかしたちは強く主張しはじめた。あの少女をこの街から出してはいけない——と」

その主張は瞬く間に街全域のあやかしたちに広がったという。

孝太朗が山神の地位を承継して、間もなくのことだった。

「正直、あやかしたちの言い分もわからなくはなかった。あいつらも寄る辺を失って、不安だったんだろう。だが幼いお前が一人、この街で生きていく術はない。幸い引き取り手の遠戚からは、誠実で真摯な匂いがした」

「お父さん、お母さん……」

薄ぼんやりではあるが、両親と初めて顔合わせをしたときの光景が蘇ってくる。

あのときの自分は大好きな祖母を失ったことのショックから、ただただ戸惑い、押し黙っていただけだった。

「俺はなんとかあやかしたちを説得しようとした。でも、若輩者の山神にできることなんざ、たかが知れている。大した策も練られなかった俺は結局、あやかしたちからお前の記憶を消すことを選んだ」

「え……あやかしたちから、私の記憶を？」

思いがけない話だった。

目を見開いた日鞠に、孝太朗は苦しげな笑みを漏らす。

「まだ使いこなせない力に手を出した報いだ。俺はその力をうまく制御できないまま、お前の中のあやかしの記憶もまとめて消し飛ばした。お前が大切に取っておきたかったはずの、一部のばあさんとの記憶もだ」

「……」

「お前に真っ先に謝罪すべきは、このことだった。本当に……申し訳なかった」

「……っ、もう！」

唐突にカフェに響いた大声に、孝太朗は珍しく肩を揺らした。

日鞠は膝の上でぎゅっと両拳を握り、ふーっと長く息を吐き出す。

「なんですか、それ。謝罪とか、申し訳ないとか、そんなことばかり」

「……お前の怒りはもっともだと思っている。頬のひとつやふたつ張られても文句は」

「孝太朗さんは！　私とあやかしたちのために、必死に頑張っただけじゃないですか……！」

勢い余って、日鞠の瞳から一粒の雫が落ちる。

ひどく驚いた様子の孝太朗に、日鞠はなおも言い募る。

「孝太朗さんは、幼い私がこの街で孤独にならないように……あやかしたちに越えてはならない一線を越えさせないように。そのときできることを一生懸命やってくれたんでしょう⁉　違いますかっ⁉」

「……日鞠」

「孝太朗さんのほうこそ、必要のないことで謝ってばかりじゃないですか……っ」

ずきずきと、胸が痛い。

孝太朗の優しさがすべての重責を引き受け、記憶を引き受け、後悔を引き受けてきたのだ。神といえど当時の彼もまた、子どもだったというのに。

二十一年間――どれだけ辛かったことだったろう。

「私は、孝太朗さんを許します。あやかしのみんなだって同じです。だってみんな、孝太朗さんのことが大好きなんですから」

日鞠の手が、孝太朗の手にそっと重なる。

「だからどうか孝太朗さんも……あなた自身を許してあげてください」

「っ……」

日鞠の手を持ち上げた孝太朗は、その手を自分の額(ひたい)にそっと押し当てる。

指に熱い雫(しずく)が触れた気がしたが、日鞠は何も言わなかった。

しばらくすると孝太朗は顔を上げ、日鞠を真(ま)っ直(す)ぐ見つめる。

「正直……お前に失望されることも覚悟していた。まさか、自分を許せと言われるとはな」

「ふふ、孝太朗さんってば、意外と心配性ですね」

「お前が優しすぎるんだ」

「孝太朗さんには負けますよ？」

笑顔を向ける日鞠に、孝太朗も小さく微笑を浮かべる。

そのどこか控えめな笑顔に、日鞠はずっと惹かれていた。

「あの、孝太朗さん」

覚悟を決めた日鞠が、そっと口を開く。

「神社裏で街中のあやかしたちに出逢ったからでしょうか。あのスケッチブックの全ページに、あやかしたちの姿が戻っていたんです」

鞄の中から取り出したスケッチブックを開き、孝太朗の前へと差し出す。

心臓の音が、徐々に大きくなっていくのがわかった。

「孝太朗さん。前に約束していたお話、今、伝えてもいいですか……？」

「……いや。それは無理だ」

「えっ」

「残念だが、お前から言わせるつもりは毛頭ねえよ」

ふっと柔らかくなった表情。

狼を彷彿とさせる力強い眼差しが、日鞠を捉える。

「お前に惚れてる、日鞠。情けねえくらいにな」

二人きりのカフェで紡がれた言葉は、清かな薬膳茶の香りとともに溶けていった。


迎えた翌日。

薬膳カフェ「おおかみ」の前には、数え切れないほどの届け物がうずたかく積まれていた。

「この魚は輪厚川中流の子河童で、こっちの木の実は野幌原始林のヤマビコ親子。こっちの手紙は旧島松駅逓所の家鳴りたちだねえ」

カフェ店内に届け物の山を運び入れながら、類が中身を確認していく。

食べ物、飾り物、読み物。それらはすべて孝太朗への贈り物らしく、日鞠は呆気に取られていた。

当の孝太朗はというと、日鞠の隣で長いため息をついている。

「すごい。この届け物の山、全部あやかしのみんなから送られてきたんですか？」

「そういうこと。なんでも昨日、南の神社跡で一悶着（ひともんちゃく）あったらしいじゃない？　その詫びの品みたいだねえ」

「え、類さん、どうしてそのことを？」

「一応、管狐から報告があったから。神社跡にあやかしが集まっていることも、その場に孝太朗と日鞠ちゃんが向かったこともね」

「ええっ、そうだったんですか？」

驚く日鞠をよそに、類はいつもの笑顔で頷（うなず）いた。

「危ない密談の可能性があれば、もちろん俺も動いたけどね。今回は孝太朗一人でも問題ないと踏んだからさ」

「単に放置してただけだろ、お前は」

「まーまー。時には手を貸さず見守ることも必要でしょ。今回の件、俺の説得じゃ孝太朗を動かせなかったようだし。まったく、気難しい幼馴染みを持ったもんだよねえ」

「……余計なお世話だ」

短く吐き捨てる孝太朗に、類は肩をすくめる。

そのやりとりからも感じられる二人の絆に、日鞠は一人笑みを浮かべた。

幼い頃からともにあった二人だ。きっと日鞠が思う以上に信頼は厚いに違いない。

「それにしても。どうやら色々と丸く収まったみたいだねえ、お二人さん？」

「えっ」

意味深な言葉に、日鞠はかあっと顔を赤く染める。

わかりやすい反応に、類はさらに笑みを深くした。

「いやー、ホント安心したよ。孝太朗ってば、浮いた話がちっともないんだもん。このまま恋人一人作らずに山神業に明け暮れるつもりかって、実は密かに心配してたんだよねえ」

「うるせえよ。恋人っつーのは、心底好いた女でなけりゃ意味がねえだろ」

「こ、孝太朗さん……」

さらりと告げられた言葉に、心臓がどきんと震える。

「……ほら、とっとと荷物を片すぞ。もうじき開店時間になる」

「あ……そ、そうですね！」

「ああああ熱い暑いアツいなー！　おかしいなー、クーラーついてるはずなんだけどなー！」

「羨ましけりゃ、お前もいい加減本命一人に絞れ」

「ナチュラルに惚気てきた！　一応俺も、あちこちで細かいアシストしてたんですけど！」

その後も応酬を繰り広げる二人の横で、日鞠は店内の掛け時計にちらりと視線を向ける。

開店十分前。そろそろ約束の時間だ。

「お邪魔しまーす」

そのとき、カフェのドアベルが鳴った。

「うわ。なんだよこの荷物の山。何か祝いごとか？」

「日凪太、いらっしゃい」

「え、日凪太くん？」

扉の前には、シンプルな藍色のTシャツにカーゴパンツを合わせた弟の姿があった。

孝太朗と類は驚いた表情を浮かべている。

「どうしたの、こんなに早い時間に来るなんて珍しいねえ？」

「すみません。実は私が呼んだんです」

「日鞠、ひとまず席に通せ。立たせたままじゃ悪い」

「ありがとうございます、孝太朗さん」

お言葉に甘えて、日凪太を奥の席に案内する。

「待ってて、日凪太。今、お冷やを持ってくるね」

「あーいいよ。俺が持ってくるから、日鞠ちゃんも席に着いてて」

「類さん」

笑みを浮かべた類は、日鞠の肩にぽんと手を置いた。

「残りの届け物の整理も俺がやっておくから。そんなことより、日鞠ちゃんにはやるべきことがあるんでしょう。日凪太くんに伝えなくちゃいけない、大切な話がさ」

どうやらお見通しだったようだ。

日鞠は小さく頷いたあと、類に深く一礼した。

日凪太の向かい側の席に腰を下ろす。類はすぐにお冷やをふたつ持ってくると、厨房に姿を消した。

孝太朗はというと、斜め後ろのカウンター席に無言で背中を預けている。

「昨日は色々と迷惑をかけてしまったな。日凪太」

「だからいいですって。別に大したことは起きなかったし、あんたのことも少しは知れたから」

「ああ。ありがとう」

孝太朗との短い会話のあと、日凪太は「さてと」とソファーに座り直す。

「んで？　まだ帰りの便まで何日か余裕があるけど。返事をもらっていいんだよな。日鞠姉」

「うん。ぎりぎりまで待たせる理由はないし、もうちゃんと決めたから」

頷く日鞠に、日凪太も小さく笑みを浮かべる。

「日凪太。そして、孝太朗さん」

「うん」

「ああ」

小さく息を吐いたあと、二人をゆっくり見据えた。

「私――実家に帰ろうと思います」

次の瞬間、ガタガタガシャンと厨房内から激しい物音が響いた。

エピローグ

飛行機から搭乗橋に下りると、湿気の少ない夏の熱気が肌に触れた。

北の玄関口といわれる北海道最大の空港、新千歳空港。

同じ空港でも、羽田空港とは、やはり何もかもが違っていた。

羽田ほどのめまぐるしい人とモノの流れはなく、どこか朗らかな空気が港内には漂う。

四月にここに来たときと同じ感想を抱き、日鞠はふっと一人笑みを浮かべた。

日凪太とともに戻った、六年ぶりの実家。

緊張と後ろめたさでいっぱいになりながら玄関前に立った日鞠を、両親は笑顔で迎えてくれた。

居心地の悪さはすぐに消え失せ、近況報告と思い出話に花を咲かせた。

母親と二人きりのときには、少しだけ涙がこぼれた。お互い気づかないふりをしたけれど、心がとても温かくなった。

――またいつだって、帰ってきていいんだぞ。

空港までわざわざ送ってくれた父親に、日鞠は笑顔で頷いた。

「このお土産の山、やっぱり配送頼めばよかったかなあ」

手荷物のピックアップは、四月のときより手間取った。

キャリーバッグに加え、両親からのお土産をどっさり持たされていたからだ。

小柄な身体でなんとか床へ下ろし終え、腕時計に視線を落とす。

十三時か。ランチタイム真っ只中だな。

弟の日凪太とともに実家に帰って一週間。

孝太朗や類には戻ってくる日付のみで、乗る便や時間は特に伝えなかった。

日鞠の事情で休みをもらった挙げ句、カフェ業務の邪魔をしてはいけない。

カフェに一瞬顔を出して、荷ほどきが済み次第ホール業務に加わろう。

これからの予定を確認しながら、日鞠は到着ゲートの扉をくぐった。

「日鞠」

「へっ……」

平日午後の到着ゲートは、搭乗客以外に人気はほとんどない。

にもかかわらず、ゲート先から真っ先にかけられた声に、日鞠は目を見開いた。

「帰ったか。ご苦労さん」

「孝太朗さん……！」

見れば、ゲート前のベンチに腰をかけている孝太朗の姿があった。

相変わらず黒のカットソーに濃紺のジーンズ。傍（かたわ）らに置かれたショルダーバッグからは魔法瓶の水筒が見えている。

「どうしてここに……私、帰る便を伝えていませんでしたよね？」

「ああ。だが今日帰ることは聞いていただろう」

「まさか、午前からずっとここで待っていたんですか⁉」

思わず到着便の掲示板を確認する。

羽田から新千歳への便は、午前だけでも複数便あったはずだ。

「すみませんでした。こんなことなら、ちゃんと帰りの便も伝えておけばよかったですね」

「別にいい。それより、他に立ち寄る予定はねえな」

荷物を持つ手が、ふっと軽くなる。

「荷物はこれだけか。行くぞ」

「あ、はい……！」

エスカレーターに向かって歩き出す孝太朗の背中に、慌ててついていく。

ああ、いけない。喜びと驚きが混ざり合って、うまく感情が追いつかない。

実家に戻ったのは、たったの一週間。

それなのに以前まで孝太朗とどんなふうに話していたのか、まるで思い出せない。

改札を通り、さほど混んでいない快速エアポートの車両に乗り込んだ。

二人並びの席に、隣り合って座る。

触れるか触れないかの距離感に、緊張でますます身体が硬くなった。

「実家はどうだった」

動き出した電車からの風景を眺めていると、孝太朗に問われる。

「変わりありませんでした。父も母も元気でしたよ。久しぶりに、家族四人であちこち出かけたりして」

「そうか」

「それから、今は北海道で暮らしていることもちゃんと話しました。その、お付き合いしている人がいることも」

「……そうか」

少しの間を置いての返答に、日鞠は胸を撫で下ろす。

ここで「付き合ってる奴がいるのか？」なんて返されたら、立ち直れない。

よかった。都合のいい夢じゃなかった。

安堵の息を吐くと同時に、日鞠はあることを思い出した。

「孝太朗さん。実は私、実家に戻っているときに思い出したことがあるんです」

「思い出したこと？」

「はい。二十一年前に、森の中で黒い動物と出逢ったときのことを」

隣に座る孝太朗が、ぴくりと反応したのがわかった。

「実は、似たような夢を今までも何度か見てきたんです。緑が生い茂る場所で、鉄製の罠にかかった黒い動物を助ける夢。おばあちゃんに教わった『魔法の薬草』を使ってなんとか治療をしようと、あのときの私はただただ夢中でした」

祖母が亡くなった直後の出来事だった。

臆病な心を奮い立たせようと、日鞠は必死に祖母の口真似を繰り返していた。

「その動物が罠にかかっていたのは——左の、前脚だったんです」

ドキドキと逸る鼓動を感じながら、そっと視線を上げる。

「勘違いだったらすみません。でももしかしたら、孝太朗さんの左肘の傷は、そのときに負ったものなんじゃないかと」

「……」

「『魔法の薬草』——あやかしたちの傷の手当に有効な、ヨモギの葉。それで私が初めて手当てした相手は、孝太朗さんだったんじゃないかと……っ」

「初めての治療には、見えなかったけどな」

返された言葉に、日鞠ははっと息を吞む。

「あのときのお前は気丈だった。人にも動物にもあやかしにも等しく優しさを向けていた、お前のばあさんのように」

「孝太朗さん……」

「まさか、思い出してくれるとは思わなかった」

ありがとう。

そう言った孝太朗は柔らかく目を細め、日鞠の頭をそっと撫でる。

幸せな心地に胸を温かくしていると、そのまま日鞠は肩を抱かれ、孝太朗のほうへ引き寄せられた。

「っ、こ、孝太朗さん？」

広い胸元にぴったりと寄せられた日鞠からは、孝太朗の顔を窺（うかが）うことはできない。

「安心した」

「え？」

「お前がこうして帰ってきて」

孝太朗の両腕が、そっと日鞠の背中に回る。

「実家とのわだかまりが、ようやくなくなったんだ。久方ぶりに帰省することで、お前がやはり家族のそばで暮らしたいと思っても不思議はない。このままこの街に戻らないとしても……致し方ないことだと」

「帰ってきますよ。必ず」

迷いなく答えた日鞠は、孝太朗の背に手を添えた。

「家族との絆はもちろんあります。それでも、今の私のいたい場所はこの街ですから」

幼い頃に祖母と過ごして、今はたくさんの友人と、大切な恋人がいる。

日鞠の生きていきたい場所は、確かにこの街なのだ。

「実は私も、孝太朗さんに忘れられていたりしたらどうしようかと思っていました。でも孝太朗さん、待っていてくれたんですね」

「当然だろ」

「……大好きです」

腕の中で上を向いた日鞠は、柔らかな微笑みを浮かべる。

そんな日鞠に、孝太朗はぐっと息を呑んだ。

ほのかに色づいた孝太朗の頬を目にし、日鞠の胸が幸せに満たされていく。

「ただいま帰りました、孝太朗さん」

「……ああ、おかえり」

電車は島松駅を通過し北広島駅へと向かう。

大切な人たちが暮らす、思い出の詰まった我が街へ。

●参考文献

小林香里 著、薬日本堂 監修『温めもデトックスも　いつもの飲み物にちょい足しするだけ！　薬膳ドリンク』（河出書房新社）
水田小緒里 著『食べものの力と生活習慣で不調をとりのぞく　オトナ女子の薬膳的セルフケア大全』（ソーテック社）
武鈴子 著『おいしく食べる！　からだに効く！　マンガでわかる はじめての和食薬膳』（家の光協会）
杏仁美友 著『薬膳美人　改訂版　もっと薬効もっとカンタン』（マガジンハウス）
真木文絵 著、池上文雄 監修『ココロとカラダに効くハーブ便利帳』（NHK 出版）
山下智道 著『野草と暮らす365日』（山と溪谷社）
飯島都陽子 著・絵『魔女の12ヵ月　自然を尊び、知り尽くした魔女の「暮らし」と「知恵」』（山と溪谷社）
稲垣栄洋 著『雑草キャラクター図鑑　物言わぬ植物たちの意外な知恵と生態が1コママンガでよくわかる』（誠文堂新光社）

●付記

作中に登場する薬膳茶の描写につきまして、効果効能を保証するものではありません。

料理初心者の私が、まずいカレーを作ったら

イケメン神様がご降臨!?

お稲荷様と私の ほっこり日常レシピ

Hokkori nichijou recipe

夕日凪

郊外に暮らす高校生・古橋はるかの家の庭には、
代々の古橋家を見守るお稲荷様のお社がある。
はるかの日課は、そこへ母親の作った夕食をお供えすること。
ある日、両親の海外赴任が決まり、はるかは実家で一人暮らしをすることになる。これまで料理とは無縁だったはるかだが、
それでもお供えは欠かせない。不慣れながらに作ったカレーを
お供えしたところ、突然お社から謎のイケメンが飛び出してきた!?
それは、カレーのあまりの不味さに怒ったお稲荷様で——。
ツンデレな守り神様とのほっこりハートフル・ストーリー。

◉定価：726円（10％税込）　◉ISBN:978-4-434-28382-6　◉イラスト:pon-marsh

あやかし鬼嫁婚姻譚

選ばれし生贄の娘

著・朧月あき

あやかし
和風・シンデレラ
ストーリー！

生贄の娘は、
鬼に愛され華ひらく

天涯孤独で養護施設で育った里穂(りほ)。ある日、名門・花菱(はなびし)家に養女として引き取られるも、そこで待っていたのは、周囲の皆から虐めを受ける過酷な日々だった。そして十七歳の誕生日、里穂はあやかしの「生贄」となるよう養父から告げられる。だが、絶望する里穂に、迎えに来たあやかしは告げた。里穂は「生贄」ではなく、あやかしの帝の「花嫁」になるのだと——

定価:726円(10%税込)　ISBN 978-4-434-29495-2

イラスト：セカイメグル

あやかし狐の京都裏町案内人

（あやかしきつねのきょうとうらまちあんないにん）

あやかしが暮らす京都へようこそ！

「今日からわたくし玉藻薫は、人間をやめて、キツネに戻らせていただくことになりました！」京都でOLとして働いていた玉藻薫は、恋人との別れをきっかけに人間世界に別れを告げ、アヤカシ世界に舞い戻ることに。実家に帰ったものの、仕事もせずに暮らせるわけでもなく……薫は『アヤカシらしい仕事』を求めて、祖母が住む京都裏町を訪ねる。早速、裏町への入り口「土御門屋」を訪れた薫だが、案内人である安倍晴彦から「祖母の家は封鎖されている」と告げられて——？

◉定価：726円（10%税込）　◉ISBN:978-4-434-28382-6　◉Illustration：シライシユウコ

1~2

著 シアノ

皇帝が選んだのはあやかし憑きの少女!?

アルファポリス
第13回
恋愛小説大賞
編集部賞
受賞作

妾腹の生まれのため義母から疎まれ、厳しい生活を強いられている莉珠（りじゅ）。なんとかこの状況から抜け出したいと考えた彼女は、後宮の宮女になるべく家を出ることに。ところがなんと宮女を飛び越して、皇帝の妃に選ばれてしまった！　そのうえ後宮には妖（あやかし）たちが驚くほどたくさんいて……

◉各定価：726円（10％税込）

◉Illustration：ボーダー

恋文やしろのお猫様

～神社カフェ桜見席のあやかしさん～

織部（おりべ）ソマリ

きまじめ女子×気ままな妖

一歩ずつ近づく不器用なふたりの

異類恋愛譚

縁結びのご利益のある『恋文やしろ』。元OLのさくらはその隣で、奉納恋文をしたためるための小さなカフェを開くことになった。そしてそこで、千年間恋文を神様に配達している美しいあやかし――お猫様と出会う。彼と共に人々の恋を見守るうち、二人はゆっくりと恋の縁に手繰り寄せられていき――

◉定価：726円（10%税込）　◉ISBN:978-4-434-28791-6　◉Illustration：細居美恵子

あやかし猫の花嫁様
湊祥
Sho Minato
不本意ですがイケメン猫と
新婚生活はじめます。
CHECK!
アルファポリス
第3回
キャラ文芸大賞
奨励賞受賞作!
田舎の一軒家で一人暮らしをする大学生の茜(あかね)。それなりに平穏な毎日を送っていたはずが、突然、全てのあやかし猫を統べる化け猫・常盤(ときわ)の妻になってしまう。しかも、一緒に暮らさないと命を狙われるというオプション付き!? どんなに甲斐性抜群のイケメンでも、そんな結婚絶対無理——と、早々に離婚を申し出た茜だけれど、何故かこの結婚、ちょっとやそっとじゃ解消できない呪いがかかっていて……。自由すぎる極甘夫と円満離婚を目指す、新妻奮闘記!
◉定価:726円(10%税込) ◉ISBN:978-4-434-28653-7
◉Illustration:ななミツ

この作品に対する皆様のご意見・ご感想をお待ちしております。

おハガキ・お手紙は以下の宛先にお送りください。

【宛先】

〒150-6008 東京都渋谷区恵比寿4-20-3 恵比寿ｶﾞｰﾃﾞﾝﾌﾟﾚｲｽﾀﾜｰ 8F
（株）アルファポリス　書籍感想係

メールフォームでのご意見・ご感想は右のＱＲコードから、
あるいは以下のワードで検索をかけてください。

アルファポリス　書籍の感想 

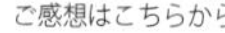

アルファポリス文庫

あやかし薬膳（やくぜん）カフェ「おおかみ」

森原すみれ（もりはら すみれ）

2021年 12月 31日初版発行

編　集－宮田可南子
編集長－太田鉄平
発行者－梶本雄介
発行所－株式会社アルファポリス
〒150-6008 東京都渋谷区恵比寿4-20-3 恵比寿ｶﾞｰﾃﾞﾝﾌﾟﾚｲｽﾀﾜｰ8F
TEL 03-6277-1601（営業）　03-6277-1602（編集）
URL https://www.alphapolis.co.jp/
発売元－株式会社星雲社（共同出版社・流通責任出版社）
〒112-0005 東京都文京区水道1-3-30
TEL 03-3868-3275
装丁イラスト－凪かすみ
装丁デザイン－百足屋ユウコ＋モンマ蚕（ムシカゴグラフィクス）
印刷－中央精版印刷株式会社

価格はカバーに表示されてあります。

落丁乱丁の場合はアルファポリスまでご連絡ください。

送料は小社負担でお取り替えします。


ISBN978-4-434-29734-2 C0193